아이큐 쑥쑥

# 수수께끼 뱅크

이야기공방 엮음

학은미디어

## 책머리에

수수께끼는 대답하는 사람이 최대한 헷갈리도록 의도적으로 알쏭달쏭한 질문을 만들어 즐기는, 오락적 기능에 학습적 기능이 더해진 언어 문답 놀이입니다. 어떤 사물에 대해 직접적으로 말하지 않고 은유적으로 애매하게 서술하므로 지적 상상력과 온갖 지식, 유머가 총동원되는 두뇌 오락이지요. 특히 때와 장소, 남녀노소에 상관없이 두 사람 이상이면 즐길 수 있는 최고의 게임이라고 할 수 있습니다. 컴퓨터와 TV의 노예가 되고 있는 현대인에게 이보다 더 좋은 오락이 있을까요?

이 책에는 예부터 전해 내려오는 전래 수수께끼에서부터 요즈음 새롭게 만들어진 넌센스 퀴즈에 이르기까지 재치가 반짝이고 유머가 넘쳐흐르는 1,600개 이상의 알짜 수수께끼가 담겨 있습니다.

책장을 넘기다 보면 수수께끼의 무궁무진한 장점과 매력을 깨닫게 되면서 어느새 수수께끼의 열성 팬이 되어 있을 것입니다.

자, 수수께끼의 마력에 흠뻑 빠져 보실까요?

-이야기공방-

ㄱ

ㄴ

# 수수께끼 뱅크

1 가까우면 보이지 않고
멀어야 보이는 것은?

2 가난한데도 부자라고 하는 것은?

3 가늘고 긴 몸에 귀만
하나 있는 것은?

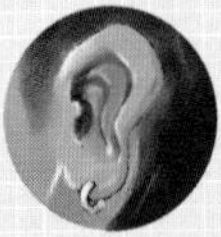

4 가도 가도 못 만나는 것은?

5 가도 가도 오 리 간다고 하는 것은?

6 가로줄 세로줄 위에서
서로 싸우는 것은?

정답 1. 아지랑이 2. 부자(아버지와 아들)
3. 바늘 4. 철로 5. 오리 6. 바둑

# 수수께끼 뱅크

1 가리면 보이고 걷으면 안 보이는 것은?

2 가면 갈수록 늘어나는 것은?

3 가면서 빈대떡 부치는 것은?

4 가슴 속에 털이 가득 난 것은?

5 가슴, 엉덩이, 허리 중 사람을 먹여 살리는 부위는?

6 가슴의 무게는 몇 근일까?

정답 1. 안경 2. 나이 또는 주름살 3. 신발 4. 옥수수
5. 가슴(아기에게 젖을 먹이므로) 6. 네 근(두근+두근)

# 수수께끼 뱅크

1 가위는 가위인데,
못 쓰는 가위는?

2 가위 하나로 사람마다 쓰는 것은?

3 가을 들판에서 벌을 서고 있는 것은?

4 가을에 내리는 비는 가을비,
겨울에 내리는 비는 겨울비,
그럼 봄에 오는 비는?

5 가장 가까이 있으면서도
보이지 않는 것은?

6 가장 귀하고도 흔한 것은?

정답 1. 헌가위 2. 한가위 3. 허수아비
4. 제비 5. 눈썹 6. 공기

# 수수께끼 뱅크

1 가장 달콤한 술은 무슨 술일까?

2 가장 먹고살기 힘든 사람은?

3 가장 싸게 살 수 있는 사냥 도구는?

4 가지고 놀 수 없는 공은?

5 가지는 가지인데, 못 먹는 가지는?

6 가지도 않는데 간다고 하는 것은?

정답 1. 입술 2. 위장병 환자 3. 파리채
4. 뱃사공 5. 바가지 6. 가지

# 수수께끼 뱅크

**1** 가지도 잎사귀도 없는 줄기에
오로지 빨간 꽃 한 송이만 핀 것은?

**2** 간장은 간장인데,
먹을 수 없는 간장은?

**3** 갈 때는 못 가고,
안 갈 때 가는 것은?

**4** 갈 때도 갈 때,
올 때도 갈 때라고 하는 것은?

**5** 갈수록 멀어지는 것은?

**6** 감은 감인데,
못 먹는 감은?

**정답** 1. 촛불 2. 애간장 3. 건널목 또는 횡단보도 4. 갈대 5. 출발지 6. 영감

# 수수께끼 뱅크

1 감은 감인데, 어린이들이 특히 좋아하는 감은?

2 갓난아기가 찾는 무덤은?

3 갓 쓰고 한평생 부엌에서만 사는 것은?

4 갓은 갓인데, 쓰지 못하는 갓은?

5 강도도 아닌데 사람 목에 칼을 대고 돈을 받는 사람은?

6 강은 강인데, 배로 건너지 못하는 강은?

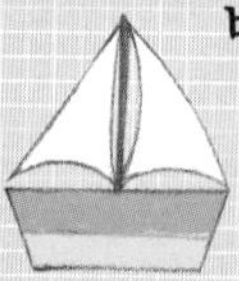

정답 1. 장난감 2. 젖무덤 3. 솥
4. 쑥갓 5. 이발사 6. 요강

# 수수께끼 뱅크

1 강은 강인데,
사람이 먹을 수 있는 강은?

2 개는 개인데, 물지 못하는 개는?

3 개와 거북에게는 있어도
뱀에게는 없는 것은?

4 개조심이라는 표시를 좋아하는
사람은?

5 개 중에서 가장 빠른 개는?

6 개 중에서 가장 아름다운 개는?

정답 1. 생강 2. 번개, 무지개, 안개
3. 다리 4. 개도둑 5. 번개 6. 무지개

# 수수께끼 뱅크

1 개 중에서 가장 큰 개는?

2 거꾸로 매달린 집에 수없이 많은 문이 있는 것은?

3 거꾸로 보나 옆으로 보나 바로 보이는 것은?

4 거꾸로 서면 1.5배 이익 보는 숫자는?

5 거꾸로 서서 일하는 것은?

6 거북선과 바둑돌 중 어느 것이 더 무거울까?

**정답** 1. 안개 2. 벌집 3. 거울 4. 6 5. 붓
6. 바둑돌(거북선은 뜨지만 바둑돌은 가라앉는다)

more 모아 수수께끼

# 동물 시리즈

1. 개가 천 원을 물고 절로 가는 날은?

2. 개구리가 낙지를 먹으면 무엇이 될까?

3. 개미의 집 주소는?

4. 고양이가 쥐를 쫓고 있는데, 갑자기 어떤 아줌마가 쥐에게 연탄재를 뿌렸다. 고양이가 뭐라고 말했을까?

5. 돈을 가장 헤프게 쓰는 동물은?

6. 돼지가 방귀를 뀌면?

7. 돼지가 열 받으면?

8. 미친 돼지를 두 자로 줄이면?

9. 사자로 끓인 국은?

**정답** 1. 개천절 2. 개구락지 3. 허리도 가늘군 만지면 부러지리
4. 다 된 밥에 재 뿌린다 5. 사자 6. 돈가스 7. 바비큐
8. 돈돈 9. 동물의 왕국 *사자는 동물의 왕

10. 제비가 헌 옷을 입고 절에 가는 날은?

11. 쥐 9마리와 용 4마리가 모이면?

12. 종달새의 수컷이 암컷을 부르는 소리는?

13. 소의 웃음소리는?

14. 쥐가 네 마리 모이면?

15. 쥐는 쥐인데 컴퓨터에 붙어 있는 쥐는?

16. 쥐는 쥐인데, 빛을 가진 쥐는?

17. 쥐덫을 세 글자로 하면?

**정답** 10. 제헌절 11. 지구 용사 *쥐9 용4 12. 지지배(배) 13. 우하하
14. 쥐포 *쥐four 15. 마우스 16. 광마우스 *光mouse 17. 고양이

# 수수께끼 뱅크

1 거지가 가장 좋아하는 욕은?

2 거지가 말을 타고 신나게 달리는 것은?

3 거짓말도 자꾸 하면 는다고 한다. 무엇이 늘까?

4 걱정 많은 사람들이 자주 오르는 산은?

5 건망증이 심한 사람이 올라가는 산은?

6 걸어 다니면서 길 위에 도장 찍는 것은?

정답 1. 빌어먹을 2. 거짓말(거지말)
3. 속는 사람 4. 태산 5. 아차산 6. 지팡이

# 수수께끼 뱅크

1 걸을 때마다 앞뒤로 흔들리는 것은?

2 검어도 검고 희어도 검은 것은?

3 검은 바다에 노란 박이
엎어져 있는 것은?

4 검은 입으로 붉은 밥을 먹는 것은?

5 겁이 많은 사람이 가지고 다니는
돌 열 개는?

6 겁이 많은 아이의 몸에 찐 살은?

**정답** *1.* 팔 *2.* 그림자 *3.* 보름달
*4.* 아궁이 *5.* 오돌오돌(오들오들) *6.* 엄살

# 수수께끼 뱅크

1 겉과 속이 다 하얀 사람은?

2 겉으로는 눈물을 흘리면서
속 타는지 모르는 것은?

3 겉은 보름달, 속은 반달이
여러 개 있는 것은?

4 게으른 사람은
평생 보기 어려운 영화는?

5 겨울에는 멀지만
여름에는 가까운 곳은?

6 겨울에만 살아나는 사람은?

정답 1. 눈사람 2. 촛불 3. 귤
4. 부귀영화 5. 바다 6. 눈사람

# 수수께끼 뱅크

1 경마장에서 가장 말이 많은 사람은?

2 '경우에 따라 노인이 앉을 수 있는 자리'를 세 자로 하면?

3 경찰이 도둑의 뒤를 쫓고 있는데, 양 갈래 길이 나왔다. 왼쪽, 오른쪽 중에서 어느 쪽 길로 가야 할까?

4 고개는 고개인데, 가장 넘기 힘든 고개는?

5 고개를 넘으면 곧 낭떠러지인 것은?

6 고개를 숙이고 눈물 흘리는 것은?

**정답** 1. 수다쟁이 2. 경로석 3. 왼쪽 길(도둑은 바른 길로 못 가니까) 4. 보릿고개 5. 목구멍 6. 수도꼭지

# 수수께끼 뱅크

1 고기 먹은 사람이 입에 물고 다니는 개는?

2 고래와 상어 중 어느 것이 더 큰 생선일까?

3 고생할 때 오는 비는?

4 고슴도치가 동굴 속에 들어가 목욕하는 것은?

5 고양이가 길을 가다 오른쪽을 먼저 보고 왼쪽을 보는 까닭은?

6 '고양이 네 마리가 몬스터로 변했다'를 다섯 자로 말하면?

정답 1. 이쑤시개 2. 상어(고래는 물고기가 아니다) 3. 고비 4. 양치질 5. 동시에 양쪽을 볼 수 없으니까 6. 포켓몬스터

# 수수께끼 뱅크

1 고양이를 무서워하지 않는 쥐는?

2 고양이 한 마리와 쥐 한 마리가 있다. 모두 몇 마리인가?

3 고추잠자리를 두 자로 줄이면?

4 곰을 뒤집으면 문이 된다. 소를 뒤집으면?

5 곰이 목욕하는 곳은?

6 공기는 공기인데, 숨을 못 쉬는 공기는?

정답 *1.* 박쥐 *2.* 한 마리(고양이가 쥐를 잡아먹었으니까) *3.* 팬티(고추의 잠자리) *4.* 발버둥 친다 *5.* 곰탕 *6.* 밥공기

# 수수께끼 뱅크

1 공은 공인데,
사람들이 가장 좋아하는 공은?

2 공처가와 애처가의 공통점은?

3 과거가 있어서 성공한 사람은?

4 과수원의 과일을 따 먹기에
가장 좋은 때는?

5 교통사고를 다른 말로 하면?

6 구두쇠가 가장 좋아하는 숫자는?

**정답** 1. 성공 2. 남자 3. 암행어사 4. 주인이 없을 때
5. 붕어빵(부웅 어어~ 빵!) 6. 0(공짜)

# 수수께끼 뱅크

1 구리는 구리인데,
아무짝에도 쓸모없는 구리는?

2 구멍이 크면 잘 안 나오고
작으면 잘 나오는 것은?

3 구멍 하나로 인생이
좌우되는 사람은?

4 군인들이 가장 많이 먹는 빵은?

5 굴리면 굴릴수록 커지는 것은?

6 굴속에 들어가 몇 배로 커져서
나오는 것은?

정답 1. 멍텅구리 2. 물총 3. 골프 선수
4. 건빵 5. 눈덩이 6. 터널

# 수수께끼 뱅크

1 굴은 굴인데, 구멍이 일곱 개인 것은?

2 굴은 굴인데, 못 먹는 굴은?

3 궁둥이 밑에 다리 넷 달린 것은?

4 궁색한 사람들이 찾는 책은?

5 권투 선수가 세계 챔피언이 되겠다고 하면서 하는 다짐은?

6 권투 선수가 시합 후 돈을 받을 때 계산하는 방식은?

정답 1. 얼굴 2. 땅굴, 동굴 3. 의자
4. 궁여지책 5. 주먹다짐 6. 주먹구구

# 수수께끼 뱅크

1 귀는 귀인데, 걸어 다니는 귀는?

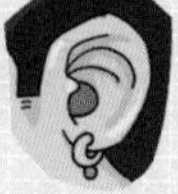

2 귀는 귀인데, 듣지 못하는 귀는?

3 귀는 넷인데,
눈은 수없이 많은 것은?

4 귀로 먹고 입으로 뱉는 것은?

5 귀 밑에 점 있는 것은?

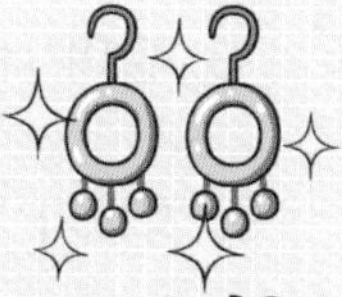

6 귀에 걸면 귀걸이,
코에 걸면 코걸이, 입에 걸면?

**정답** 1. 당나귀 2. 뼈다귀 3. 돗자리
4. 말 5. ?(물음표) 6. 마스크

more 모아 수수께끼

# 나라 이름

1. 국민들이 가장 거만한 나라는?

2. 국민들이 가장 꾀가 많은 나라는?

3. 국민들이 매일 싸우기만 하는 나라는?

4. 바느질을 제일 잘하는 나라는?

5. 굶는 사람이 가장 많은 나라는?

6. 광부들이 많이 사는 나라는?

7. 경찰서가 자주 불타는 나라는?

8. 팔이 네 개인 사람들이 사는 나라는?

9. 차도가 없는 나라는?

10. 코가 큰 사람들이 모여 사는 나라는?

**정답** 1. 오만 2. 수단 3. 칠레 4. 가봉 5. 헝가리 6. 케냐
7. 불란서(프랑스) 8. 네팔 9. 인도 10. 멕시코

11. 소를 가장 잘 말리는 나라는?

12. 소가 가장 많이 다니는 나라는?

13. 항상 사람들이 웃으며 다가오는 나라는?

14. 가스가 가장 많이 나는 나라는?

15. 인도보다 네 배가 더 큰 나라는?

16. 애주가가 가장 많은 나라는?

17. 파리를 자랑스럽게 여기는 나라는?

**정답** 11. 소말리아 12. 우간다 13. 방글라데시 14. 부탄 15. 인도네시아 16. 호주 17. 프랑스

# 수수께끼 뱅크

1 귀 하나만 가지고 일하는 것은?

2 그늘로 가면 재빨리 달아나는 것은?

3 근심 있는 얼굴에 찐 살은?

4 글씨를 쓰기는 잘 쓰는데
읽지 못하는 것은?

5 금은 금인데, 궁궐에서 사는 금은?

6 금은 금인데,
도둑고양이가 가장 좋아하는 금은?

정답 1. 바늘 2. 그림자 3. 구김살
4. 연필, 볼펜 5. 임금 6. 야금야금

## 수수께끼 뱅크

1 금은 금인데,
도둑이 가장 좋아하는 금은?

2 금은 금인데,
돈 없는 사람이 특히 좋아하는 금은?

3 금은 금인데, 먹을 수 있는 금은?

4 금은 금인데,
손에 새기고 다니는 금은?

5 기둥은 하나인데 가지가 열둘이고
잎이 삼백예순다섯인 것은?

6 기둥 없이 물에 놓은 다리는?

**정답** *1.* 살금살금 *2.* 현금 *3.* 소금, 능금 *4.* 손금
*5.* 일 년(일 년은 12개월에 365일이니까) *6.* 징검다리

# 수수께끼 뱅크

1 기둥 하나에 지붕이 하나인 것은?

2 〈기러기〉를 거꾸로 하면 〈기러기〉.
그럼 쓰레기통을 거꾸로 하면?

3 기어 다니는 제비는?

4 기어 다니는 팽이는?

5 기웃거리면 혼나는 집은?

6 기뻐도 나오고, 슬퍼도 매워도 나오는 것은?

정답 1. 우산, 버섯 2. 쓰레기가 쏟아진다
3. 족제비 4. 달팽이 5. 벌집 6. 눈물

# 수수께끼 뱅크

1 긴 줄에 매달려 춤을 추는 것은?

2 길어질수록 한쪽이 짧아지는 것은?

3 길에 우물을 파며 가는 것은?

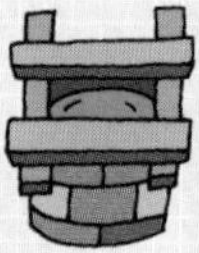

4 길에 천 원과 만 원이 떨어져 있다. 무엇을 주울까?

5 길은 길인데, 사람들이 가기 싫어하는 길은?

6 길거리를 이리저리 돌아다니는 집은?

정답 1. 빨래 2. 낮과 밤 3. 지렁이
4. 둘 다 줍는다 5. 저승길 6. 가마

# 수수께끼 뱅크

1 김빠진 콜라와 김빠진 사이다가 있다. 어느 것을 마실까?

2 김이 가장 많이 나오는 곳은?

3 깊은 골짜기에서 피리 불며 나오는 것은?

4 깊은 산속에 길 하나 난 것은?

5 까만 하늘에 은가루를 뿌려 놓은 것은?

6 까맣게 칠했는데 깨끗하다고 하는 것은?

정답 1. 둘 다 버린다 2. 사우나 3. 방귀
4. 가르마 5. 밤하늘의 별 6. 검정 구두

# 수수께끼 뱅크

1 깎으면 깎을수록 길어지는 것은?

2 깎으면 깎을수록 커지는 것은?

3 깔지는 못하고 볼 수만 있는 자리는?

4 깡충깡충 뛰어야 건널 수 있는 다리는?

5 깨끗한 친구를 사귀기 위해 가는 곳은?

6 깨는 깨인데, 못 먹는 깨는?

정답 1. 연필심 2. 구멍 3. 별자리
4. 징검다리 5. 목욕탕 6. 주근깨

# 수수께끼 뱅크

1 깨뜨려야 쓸 수 있는 것은?

2 깨뜨리고도 칭찬받는 사람은?

3 껍질을 까지 않고 통째로 먹는 알은?

4 꼬리는 꼬리인데,
노래를 부르는 꼬리는?

5 꼬리 하나에 머리가 둘 달린 것은?

6 꼬리 힘으로 다니는 것은?

정답 1. 달걀 2. 신기록을 세운 운동 선수
3. 알약 4. 꾀꼬리 5. 콩나물 6. 올챙이

# 수수께끼 뱅크

1. 꼽추는 잠을 잘 때 어떻게 잘까?

2. 꽃도 안 피고 열매 맺는 것은?

3. 꽃은 꽃인데, 밤에 잘 보이는 꽃은?

4. 꽃만 먹고 사는 것은?

5. 꽃 중에서 옷을 만드는 꽃은?

6. 꿀단지의 꿀을 모두 먹고 엉뚱한 것을 담아 놓으면?

**정답** 1. 눈을 감고 잔다 2. 무화과 3. 불꽃 4. 꽃병 5. 목화 6. 똥딴지

## 수수께끼 뱅크

1 꿈을 이루기 위해
가장 먼저 해야 할 일은?

2 꿩 먹고 알 먹는 사람은?

3 끊어도 끊어도 끊어지지 않는 것은?

4 '끓는 물에 손을 담갔다'를
한 글자로 하면?

정답 1. 잔다 2. 꿩 주인
3. 물 4. 악

more 모아 수수께끼

## 도시 이름

1. 와글와글 분주하게 시끄러운 도시는?

2. 노래를 부르려는 사람이 찾는 도시는?

3. 생선 매운탕을 좋아하는 도시는?

4. 애주가가 찾아가는 도시는?

5. 보석을 좋아하는 사람들이 찾는 도시는?

6. 전쟁이 끊이지 않는 도시는?

7. 달리기에 인생을 건 도시는?

8. 식욕 없는 사람들이 찾아가는 도시는?

9. 철없는 사람들이 찾아가야 할 도시는?

10. 왕자들이 좋아하는 도시는?

**정답** *1.* 부산 *2.* 전주 *3.* 대구 *4.* 양주 *5.* 진주 *6.* 대전 *7.* 경주 *8.* 구미 *9.* 포항 *10.* 공주

# 수수께끼 뱅크

1 나가면 다시 돌아오지 못하는 것은?

2 나갈 때는 무겁고 들어올 때는 가벼운 것은?

3 나누어 주고 싶은데 절대 나누어 줄 수 없는 것은?

4 나리는 나리인데, 아무도 굽신거리지 않는 나리는?

5 나면서부터 늙은 것은?

6 나무가 다섯 그루 있으면?

정답 1. 총알 2. 요강 3. 나이 4. 개나리 5. 할미꽃 6. 오목

# 수수께끼 뱅크

1 나무가 둘 있으면 수풀(林)이다.
다섯 있으면?

2 나무는 나무인데,
걸어 다니는 나무는?

3 나무를 썰지 못하는 톱은?

4 나무를 주면 살고 물을 주면
죽는 것은?

5 나무를 파고 들어가서
밥을 만드는 것은?

6 나뭇가지에 붙어 빨간 연지 찍고,
하얀 이를 보이며 웃고 있는 것은?

**정답** 1. 삼림(森林) 2. 목발 3. 손톱 또는 발톱 4. 장작불 5. 톱 6. 석류

# 수수께끼 뱅크

1 나뭇가지에 참새 10마리가 앉았는데, 포수가 총으로 쏘아 1마리 떨어졌다. 남은 참새는 모두 몇 마리일까?

2 나오자마자 꽃을 피우는 것은?

3 나이를 먹어도 속이 빈 것은?

4 나이를 먹을수록 살찌는 것은?

5 나이를 먹을수록 키가 작아지는 것은?

6 난로 위에 수학책을 올려놓으면?

정답 1. 한 마리도 없다(모두 도망갔다) 2. 성냥불
3. 대나무 4. 열매 5. 양초 6. 수학 익힘책

# 수수께끼 뱅크

1 날개 없이도 잘 날아다니는 것은?

2 날마다 그네만 뛰는 것은?

3 날마다 고스톱을 해서 먹고사는 사람은?

4 날씨가 추워지면 새들이 남쪽으로 날아가는 이유는?

5 날아다니는 개는?

6 날아다니는 꼬리는?

정답 1. 바람, 연기 2. 시계추 3. 교통순경
4. 걸어갈 수 없으니까 5. 솔개 6. 꾀꼬리

# 수수께끼 뱅크

1 날아다니는 불은?

2 날아다니는 알은?

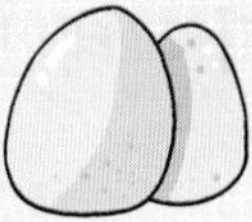

3 날지 못하는 학은?

4 남녀가 자고 나면 생기는 것은?

5 남보다 위대한 사람이 잘하는 일은?

6 남산에서 제일 큰 나무는 몇 그루일까?

**정답** 1. 반딧불 2. 총알, 대포알 3. 수학 또는 방학
4. 눈곱 5. 먹는 일(위가 커서) 6. 한 그루

# 수수께끼 뱅크

1 남에게 먹여야 재미있는 국은?

2 남에게 빌려 입은 청바지는?

3 남에게 아무리 많이 주어도 줄어들지 않는 것은?

4 남을 때려야 자기 역할을 다하는 것은?

5 남을 잘 때리는 사람이 늘 휴대하고 다니는 칼은?

6 남을 주려고 만든 나의 물건은?

**정답** 1. 골탕 2. 빌린진 3. 지식 4. 망치, 파리채 5. 손찌검 6. 명함

# 수수께끼 뱅크

1 남의 개를 몰래 잡아먹으려는 사람들의 행동은?

2 남의 눈으로 먹고사는 사람은?

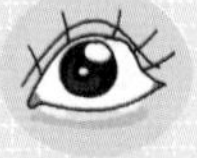

3 남의 비밀을 통 안에 간직한 것은?

4 남의 이로 먹고사는 사람은?

5 남의 이름을 거꾸로만 쓰는 사람은?

6 남자 앞에 여자가, 여자 앞에 남자가 서 있다면 모두 몇 명일까?

정답 1. 개수작 2. 안과 의사 3. 우체통
4. 치과 의사 5. 도장 파는 사람 6. 두 명

## 수수께끼 뱅크

1 남자에겐 있는데 여자에겐 없는 것, 아줌마에겐 있는데 아저씨에겐 없는 것은 무엇일까?

2 남자 형제가 여섯인데 이들 모두가 누이동생을 한 명씩 가지고 있다면 모두 몇 남매일까?

3 남편은 접골을 하고, 아내는 치과를 하는 집은?

4 낫 놓고 기역 자도 모르는 사람은?

5 낮에는 낮아지고, 밤에는 높아지는 것은?

6 낮에는 놀다가 밤만 되면 눈물을 흘리며 자신의 몸을 태우는 것은?

**정답** 1. 글자의 받침 2. 7남매(막내 누이동생 한 명) 3. 골치 아픈 집 4. 외국인 5. 천장 6. 양초

# 수수께끼 뱅크

1 낮에는 사람의 발을 물고 밤에는 커다란 입을 벌리고 하품하는 것은?

2 낮에는 숨고 밤에만 나오는 것은?

3 낮에는 열 냥, 밤에는 닷 냥인 것은?

4 낮에는 올라가고 밤에는 내려오는 것은?

5 낮에는 옷을 벗고 밤에는 입는 것은?

6 낮에는 작고, 아침과 저녁에는 커지는 것은?

**정답** 1. 신발 2. 별 3. 대문(낮에는 열고 밤에는 닫기 때문에) 4. 이불 5. 옷걸이 6. 그림자

# 수수께끼 뱅크

1 낮에만 가는 시계는?

2 낮에 보아도 밤인 것은?

3 내 것이지만 남이 더 많이 사용하는 것은?

4 내려갈 때는 비었는데, 올라갈 때는 만원인 것은?

5 내려올 때는 완행, 올라갈 때는 급행인 것은?

6 내용도 없이 등장인물만 많은 책은?

**정답** 1. 해시계 2. 먹는 밤 3. 이름
4. 숟가락 5. 콧물 6. 전화번호부

## more 모아 수수께끼

### 맞아, 맞아!

1. 국사책에 불을 붙이면?

2. '나는 1위, 2위, 3위보다 4위가 더 좋아' 라고 말한 사람은?

3. 방귀도 잘 뀌고 활도 잘 쏘는 사람은?

4. 버스는 버스인데 바다를 건넌 버스는?

5. 비가 올 때 하는 욕은?

6. 사과를 한 입 깨물면?

7. 사과를 한 입 더 깨물면?

8. "아이 추워"의 반대말은?

9. 양초가 상자 속에 꽉 차 있는 모습을 세 자로 표현하면?

**정답** 1. 불국사 2. 장모 3. 까스활명수 4. 콜럼버스 5. BYC(비 와 이 씨!) 6. 파인애플 *파여 있는 apple(사과) 7. 더 파인애플 8. 어른 더워 9. 초만원

10. '원더우먼'을 북한말로 하면?

11. 인천 앞바다의 반대말은?

12. 자전거를 흔히 사이클이라고 한다.
그럼 자전거를 못 타는 것은?

13. 전주비빔밥의 반대말은?

14. 추장보다 높은 사람은?

15. 토끼가 가장 잘하는 일은?

**정답** *10.* 방방 뜨는 에미나이 *11.* 인천 엄마다 *12.* 모터사이클(모타사이클) *13.* 이번 주 비빔밥 *14.* 고추장 *높을 고(高) *15.* 토끼기(도망치기)

# 수수께끼 뱅크

1 내일 지구가 망한다면 좋아할 사람은?

2 너무 많이 웃어서 생기는 병은?

3 너무 무서워서 오를 수 없는 산은?

4 넓은 벌판에 옹달샘 하나 있는 것은?

5 네거리에 서서 체조하는 사람은?

6 네모난 방에 아기 스님들이 머리를 가지런히 하고 누워 있는 것은?

정답 1. 사과나무 장수 2. 요절복통
3. 혼비백산 4. 배꼽 5. 교통경찰 6. 성냥

# 수수께끼 뱅크

1 네모난 집 속에 여러 가지 색깔의 얼굴을 하고 누워 있는 것은?

2 네모인데도 잘 돌아다니는 것은?

3 네 발이 있으면서도 걸어 다니지 못하는 것은?

4 네 쌍둥이가 공중에서 재주넘고 내려와, 눕기도 하고 엎어지기도 하는 것은?

5 노인들이 가장 좋아하는 폭포는?

6 노총각이 가장 가지고 싶어 하는 집은?

**정답** 1. 크레파스 2. 종이돈(지폐) 3. 책상, 밥상 4. 윷 5. 나이아가라 폭포 6. 총각집

# 수수께끼 뱅크

1 노총각이 가장 좋아하는 감은?

2 녹색 주머니 안에
은돈이 들어 있는 것은?

3 놀고 먹는 사람은?

4 놀부가 가장 좋아하는 술은?

5 농사에 해로운 박은?

6 농촌에서 해마다 하는 내기는?

정답 1. 신붓감 2. 풋고추 3. 레크리에이션 강사
4. 심술 5. 우박 6. 모내기

# 수수께끼 뱅크

1 높고도 낮은 것은?

2 높으면 높을수록 작아지는 것은?

3 높은 빌딩에서 부모와 두 아들이 떨어졌는데 4명 모두 다치지 않았다. 그 이유는?

4 누가 죽어야 먹고살 수 있는 직업은?

5 누구나 가면 쓰러지는 절은?

6 누구나 들어가기 싫어하는 방은?

정답 *1.* 하늘에 떠 있는 달과 강물에 비친 달 *2.* 비행기 *3.* 아버지-제비족, 어머니-날라리, 큰아들-비행 청소년, 작은아들-덜떨어진 놈 *4.* 장의사 *5.* 기절 *6.* 감방

# 수수께끼 뱅크

1 누구나 발 벗고 나서야
할 수 있는 일은?

2 누구나 쓸 만한 것을 찾는 날은?

3 누구나 즐겁게
웃으며 읽는 글은?

4 누구에게나 옷 벗으라고
명령하는 것은?

5 누르면 사람이 나오는 것은?

6 누운 사다리 위를 신나게
달리는 것은?

**정답** 1. 발 씻는 일 2. 비 오는 날
3. 싱글벙글 4. 버섯 5. 초인종 6. 기차

# 수수께끼 뱅크

1 누워서 일하는 것은?

2 누워서 잤는데도
서서 잤다고 하는 것은?

3 눈 감으면 코 베어 가는 사람은?

4 눈 깜짝할 사이에 돈 버는 직업은?

5 눈 깜짝할 사이에 할 수 있는 일은?

6 눈 뜨라는 말의 세계 공통어는?

**정답** 1. 베개, 거문고, 가야금 2. 선잠 3. 식인종 4. 사진사 5. 윙크 6. 아멘

# 수수께끼 뱅크

1 눈물이 많은 사람이
좋아하는 음식은?

2 눈물을 흘리지 않고 우는 것은?

3 눈앞을 가로막고 있어도
잘 보이는 것은?

4 눈에는 안 보이지만
마디가 있는 것은?

5 눈 오는 날 강아지가 뛰어다니는
이유는?

6 눈 오는 날을 두 자로 하면?

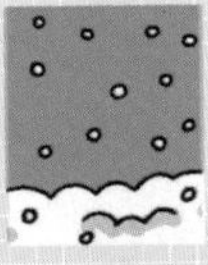

정답 1. 울면 2. 새, 곤충 3. 안경 4. 노래
5. 가만히 있으면 발이 시리니까 6. 설날

# 수수께끼 뱅크

1 눈 올 때 웃으면?

2 눈으로 보지 않고 손으로 보는 것은?

3 눈으로 보지 않고 입으로 보는 것은?

4 눈은 눈인데 못 보는 눈은?

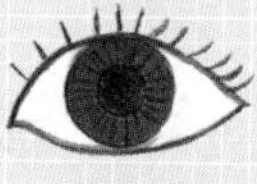

5 눈이 녹으면 무엇이 될까?

6 눈 좋은 사람에게는 안 보이고
눈 나쁜 사람에게만 잘 보이는 것은?

**정답** 1. 눈웃음 2. 지폐 3. 음식 맛
4. 티눈 또는 쌍눈 5. 눈물 6. 안경

# 수수께끼 뱅크

1 눈코 뜰 새 없을 때는 언제인가?

2 눈 하나에 다리가 셋인 것은?

3 늘 가슴에 흑심을 품고 있는 것은?

4 늘 둥근데 길어졌다 짧아졌다 하는 것은?

5 늘 얻어맞고 비틀리고 눈물을 짜는 것은?

6 늘 젖은 옷만 입고 사는 것은?

정답 1. 머리 감을 때 2. 사진기 3. 연필 4. 해 5. 빨래 6. 빨랫줄

# 수수께끼 뱅크

1 늘 헌 옷만 입고 사는 것은?

2 늙어도 청년인 나무는?

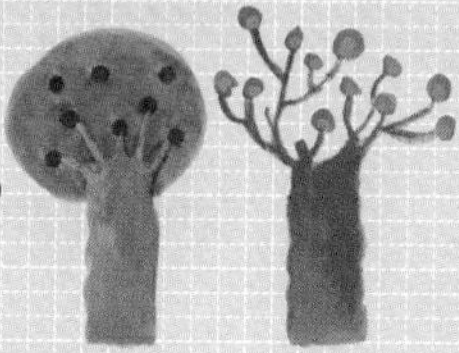

3 늙어서 예뻐지는 것은?

4 늙으나 젊으나 허리를 구부리고 있는 것은?

5 늙으면 머리를 숙이는 것은?

6 늦어도 빨라도 항상 기다려 주는 것은?

**정답** 1. 허수아비 2. 상록수 3. 과일, 고추
4. 할미꽃 5. 벼 또는 수수 6. 집

more 모아 수수께끼

# 줄임말 시리즈

1. '개가 사람을 가르친다'를 네 글자로 말하면?

2. '절에 세들어 사는 미친 여자'를 네 자로 말하면?

3. '밤송이 가시가 따가워서 끝만 살짝 잡았다'를 일곱 자로 말하면?

4. '고 씨 성을 가진 젊은이가 열심히 싸운다'를 네 글자로 말하면?

5. '보기만 해서는 통 알 수 없는 사람'을 네 글자로 말하면?

6. '멍텅구리가 오줌을 싼다'를 세 글자로 말하면?

7. '바람 바람 바람'을 세 글자로 말하면?

**정답** 1. 개인지도 2. 절세미녀 3. 이 밤의 끝을 잡고 4. 고군분투 5. 보통 사람 6. 조다쉬 7. 풍풍풍

8. ‘씨름 선수들이 죽 늘어서 있다’를
세 글자로 말하면?

9. ‘고릴라가 인간을 돌멩이 취급하던
시대’를 세 자로 줄여 말하면?

10. ‘산에서 야! 하고 소리친 여자’를
네 글자로 말하면?

11. ‘당신은 비를 아십니까’를 네 자로 말하면?

12. ‘슈퍼마켓에서 배달을 하는 사람’을
세 글자로 말하면?

13. ‘선풍기를 틀어 놓고 자다가
죽었다’를 아홉 글자로 말하면?

14. ‘아름다워’를 두 자로 말하면?

15. ‘술과 커피는 안 팝니다’를
네 글자로 말하면?

**정답** *8.* 장사진 *9.* 고인돌 *10.* 야한 여자 *11.* 너비아니 *12.* 슈퍼맨
*13.* 바람과 함께 사라지다 *14.* 미(美)워 *15.* 주차(酒茶) 금지

# more 모아 수수께끼

16. '실을 파는 가게에 빨강, 파랑,
노랑 등 여러 가지 실이 가득
모여 있다'를 네 글자로 말하면?

17. '아홉 명의 자식'을 세 글자로 말하면?

18. 스타들 간에 일어난 전쟁을
네 글자로 말하면?

19. 가을에 일어난 전쟁을 두 자로 말하면?

20. 전쟁을 순우리말로 하면?

21. 6 · 25 전쟁을 세 글자로 하면?

22. '원한과 앙심이 많은 부부'를
네 글자로 말하면?

23. '아내와 남편의 부부 싸움'을
네 글자로 말하면?

**정답** *16.* 득실득실 *17.* 아이구 *18.* 스타워즈 *19.* 추(秋)워 *20.* 더워(the war :정확한 발음은 디 워) *21.* 괴로워(war) *6 · 25 전쟁은 북한 괴뢰가 일으켰음 *22.* 원앙 부부 *23.* 아편 전쟁

24. '사고를 쳐서 친구가 없다' 를 네 글자로 말하면?

25. '유비에겐 근심이 없다' 를 네 자로 하면?

26. '태정태세문단세…….' 를 다섯 글자로 말하면?

27. '사정과 형편에 따라 선택하고 고른다' 를 네 자로 말하면?

28. '할아버지는 발이 크다' 를 네 글자로 말하면?

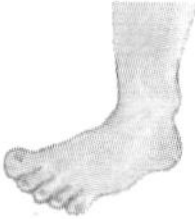

29. '홍도야 우지 마라' 를 세 글자로 말하면?

30. '남자나 여자나 등은 모두 평평하다' 를 네 글자로 말하면?

31. '천주교 신자가 일요일에 성당에서 보는 일' 을 세 글자로 말하면?

**정답** 24. 사고무친 25. 유비무환 26. 왕입니다요 27. 사형 선고 28. 노발대발 29. 홍도 뚝 30. 남녀평등 31. 미사일

## 멧돼지 사냥

사냥감을 찾아 숲 속을 돌아다니던 사냥꾼이 멧돼지 한 마리를 발견했다. 좀 더 가까이 다가가 총을 쏘려는데 멧돼지가 무엇인가를 느낀 듯 갑자기 뒤를 돌아보았다.

아래 멧돼지 모양에서 성냥개비 두 개만 움직여 뒤돌아보는 멧돼지를 만들어 보라.

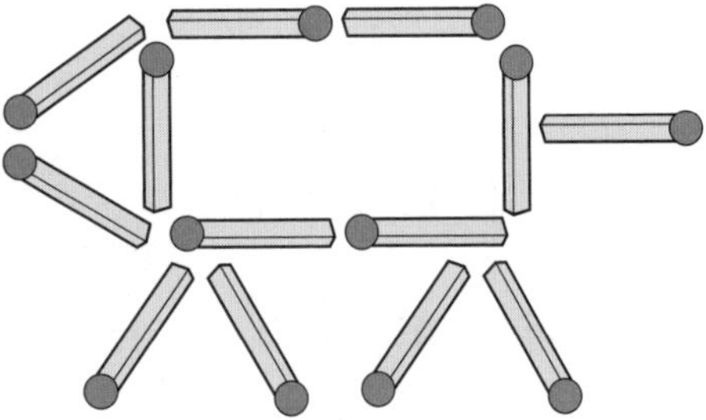

사냥꾼이 재빨리 총을 쏘자 멧돼지가 픽 쓰러졌다. 가까이 다가가 보니 멧돼지는 하늘을 향해 누운 채 다리를 벌리고 죽어 있었다.

위의 멧돼지 모양에서 성냥개비 두 개만 움직여 죽은 멧돼지를 만들어 보라.

ㄷ ㅁ ㄹ

# 수수께끼 뱅크

1 다리가 굵은 여자가 물에 발을 담그고 있으면?

2 다리가 멀쩡한데도 걷지 못하는 다리는?

3 다리는 두 개인데 갈비뼈만 있는 것은?

4 다리는 있는데 발이 없는 것은?

5 다리는 하나인데 목발 없이도 잘 서 있는 것은?

6 다리로 올라가서 엉덩이로 내려오는 것은?

**정답** 1. 동치미 2. 안경다리 3. 사다리 4. 바지 5. 허수아비 6. 미끄럼틀

# 수수께끼 뱅크

1 다리를 저는 사람이 버스에 탔는데 아무도 자리를 양보하지 않았다. 왜?

2 다리만 잡으면 방아를 찧는 것은?

3 다리 하나에 머리털이 수없이 많이 달린 것은?

4 다섯 개와 두 개가 싸우는데 두 개가 이기는 것은?

5 다섯이 당기고 다섯이 들어가는 것은?

6 다섯 형제가 톱 하나씩 들고 있는 것은?

**정답** 1. 빈자리가 많아서 2. 방아깨비
3. 먼지떨이 4. 가위바위보 5. 장갑 끼기
6. 손가락(손가락 끝에 손톱이 있으니까)

# 수수께끼 뱅크

1 다 자랐는데도 계속 자라라고 하는 것은?

2 닦으면 닦을수록 까매지는 것은?

3 닦으면 닦을수록 똑똑해지는 것은?

4 닦으면 닦을수록 더러워지는 것은?

5 단골이 한 명도 없는 장사꾼은?

6 단단한 집에 살면서 큰 입 하나만 가지고 있는 것은?

정답 1. 자라 2. 흑판 3. 학문 4. 걸레 5. 장의사 6. 조개

## 수수께끼 뱅크

1 단체 생활을 방해하는 가장 큰 적은?

2 닫으면 지팡이,
열면 집이 되는 것은?

3 달걀을 배달하는 사람이 자전거를 타고 가다가 넘어졌다. 그런데 달걀이 하나도 깨지지 않았다. 왜?

4 달고 짜고 쓴 것은?

5 달과 물 사이에 불을 피운 것은?

6 달리면 서고 안 달리면 쓰러지는 것은?

**정답** 1. 독선적 2. 우산 3. 배달을 마치고 돌아오는 길이어서 4. 문(달고 짜고〔만들고〕 쓴다) 5. 화요일(월〔月〕요일과 수〔水〕요일 사이에 있으므로) 6. 자전거

# 수수께끼 뱅크

1 달리지 않으면 날지 못하는 것은?

2 달면 뱉고 쓰면 삼키는 사람은?

3 닭은 닭인데, 먹지 못하는 닭은?

4 닭이 길을 가다 넘어지는 소리는?

5 닭의 나이는 몇 살일까?

6 닭이 먼저일까, 달걀이 먼저일까?

**정답** 1. 비행기 2. 당뇨병 환자 3. 까닭 4. 다꽝(닭꽝) 5. 81살(모이 줄 때 '구구' 라고 하니까) 6. 닭(닭의 알이라고는 해도 알의 닭이라고는 안하니까)

## 수수께끼 뱅크

1 담배는 있는데 불이 없는 사람을 여섯 글자로 하면?

2 담배를 피우면서 굴로 들어가는 것은?

3 담 아래 아이 업고 서 있는 것은?

4 담은 담인데 수다쟁이 여자가 좋아하는 담은?

5 '당신은 사람입니다'를 세 글자로 하면?

6 더우면 짧아지고 추우면 길어지는 것은?

정답 1. 불필요한 사람 2. 기차 3. 옥수수 4. 잡담 5. 유아인(You are 人) 6. 밤

# 수수께끼 뱅크

1 더우면 키가 커지고
추우면 작아지는 것은?

2 더운 여름에 옷을 겹겹이
껴입고 있는 것은?

3 더울 때 눈물 흘리고,
추울 때는 꽃을 내리는 것은?

4 더울 때는 열심히 일하고 추울 때는
실컷 잠만 자는 것은?

5 더울수록 눈물을 많이 흘리는 것은?

6 더울수록 몸이 작아지는 것은?

정답 1. 온도계 2. 옥수수 3. 구름
4. 부채 또는 선풍기 5. 얼음 6. 얼음

# 수수께끼 뱅크

1 덜된 사람들이 꼭 가져야 하는 양은?

2 덤으로 주어도 받기 싫은 덤은?

3 덩치는 크지만 물지도 못하고 짖지도 못하는 개는?

4 도둑이 들어가는데도 꼬리 치며 반기는 개는?

5 도전자에게 한 방에 KO패 당한 챔피언은?

6 독 하나에 두 개의 물이 들었는데도 섞이지 않는 것은?

**정답** 1. 수양 2. 무덤 3. 산고개 4. 도둑의 집 개 5. 챔피언 6. 달걀

# 수수께끼 뱅크

1 돈 가운데 가장 더러운 돈은?

2 돈과 사람이 따로 있으면 안 되고,
함께 붙어 있어야 하는 곳은?

3 돈은 돈인데, 쓰지 못하는 돈은?

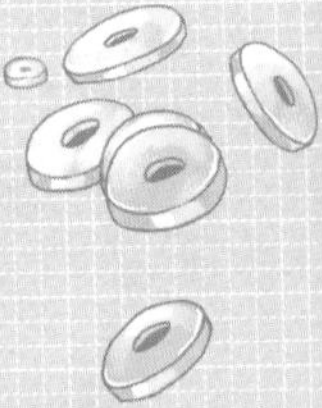

4 돈을 많이 모으면 죽는 것은?

5 돈을 먹기도 하고 토하기도
하는 것은?

6 돈을 벌기 위해 망쳐야 하는 사람은?

**정답** 1. 떼돈(때돈) 2. 정신 병원(돈+사람) 3. 사돈 4. 돼지 저금통 5. 지갑 6. 어부

# 수수께끼 뱅크

1 돈을 벌기 위해 열심히 져야만 하는 사람은?

2 돈이 낳는 새끼는?

3 돈이 많은 사람은 거부, 말이 많은 사람은?

4 돈 주고 병 얻는 사람은?

5 돈 주고 사서 바로 물에 적셔 버리는 옷은?

6 돌고 돌아도 제자리인 것은?

정답 1. 지게꾼 2. 이자 3. 마부 4. 약장수 5. 수영복 6. 물레방아

more 모아 수수께끼

## 사자성어 시리즈

★'요강에 조용히 앉아서 잠이 든 여자'를 네 글자로 하면?

요조숙녀窈窕淑女

★천고마비天高馬肥란?

하늘에 고약한 짓을 하면 온몸이 마비된다.

★동문서답東問西答이란?

동쪽 문을 닫으니 서쪽 문이 답답하다.

★'죽치고 마주앉아 고스톱 치는 친구'를 네 글자로 하면?

죽마고우竹馬故友

★군계일학群鷄一鶴의 뜻은?

군대에서는 계급이 일단 학력보다 우선이다.

★박학다식博學多識의 뜻은?

박사와 학사는 밥을 많이 먹는다.

★ '임산부 앞에서는 침을 뱉어서는 안 된다'는 뜻의 사자성어는?

임전무퇴臨戰無退

★ '천 번 봐도 재수 없고 지금 봐도 변함없는 사람'을 네 글자로 말하면?

천재지변天災地變

★고진감래苦盡甘來란?

고생을 진탕 하고 나면 감기 몸살이 온다.

**요조숙녀**窈窕淑女_품위가 있고 정숙한 여자.
**천고마비**天高馬肥_하늘이 높고 말이 살찐다.
**동문서답**東問西答_묻는 말에 당치도 않은 대답을 함.
**죽마고우**竹馬故友_어렸을 때부터의 친한 벗.
**군계일학**群鷄一鶴_닭의 무리 가운데 낀 한 마리의 학.
**박학다식**博學多識_학문이 넓고 식견이 많음.
**임전무퇴**臨戰無退_전투에 임하여 물러서지 않는다.
**천재지변**天災地變_자연 현상으로 일어나는 재앙이나 괴변.
**고진감래**苦盡甘來_고생 끝에 즐거움이 온다.

# 수수께끼 뱅크

1 돌면 살고 돌지 않으면 죽는 것은?

2 동굴 속에 들어갔다 나오면 몇 배로 커지는 것은?

3 동그라미밖에 그릴 줄 모르는 것은?

4 동그라미와 네모가 모여 하나가 된 것은?

5 동물원의 사자가 자기를 바라보는 사람들을 보고 하는 말은?

6 동생과 형이 싸울 때, 엄마가 동생 편을 드는 세상을 뭐라고 할까?

정답 1. 팽이 2. 튀밥 3. 컴퍼스 4. 엽전 5. 그림의 떡 6. 형편없는 세상

# 수수께끼 뱅크

1 동생과 형이 싸울 때, 동생이 내는 소리를 세 자로 줄이면?

2 동생이 형을 무척 좋아하는 것을 세 자로 표현하면?

3 동쪽에서 날아온 새가 서쪽에서 날아온 새와 서로 부딪쳤을 때 일어나는 현상은?

4 동화는 동화인데, 읽지 못하는 동화는?

5 두 가지 밥을 합쳐 80가지 밥이 되는 것은?

6 두꺼우면 들어가도 얇으면 못 들어가는 곳은?

**정답** 1. 아우성 2. 형광펜(형광팬) 3. 보기 드문 현상 4. 운동화 5. 서른밥(선밥)과 쉰밥 6. 얼음판

# 수수께끼 뱅크

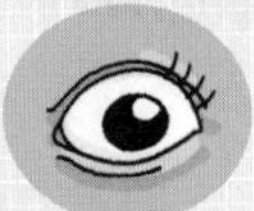

1 두 눈이 딱 붙어 있는 것은?

2 두들겨 맞고 멀리 날아가는 것이 직업인 것은?

3 두 명의 아버지와 두 명의 아들이 있다. 모두 몇 명인가?

4 두 쌍둥이가 일할 때마다 서로 헤어지는 것은?

5 두 쌍둥이가 평생 같은 일을 하는 것은?

6 두 장에다 두 장을 더하면 무엇이 될까?

**정답** *1.* 잠자리 *2.* 야구공 *3.* 세 명(할아버지, 아버지, 아들) *4.* 장갑, 양말, 버선 *5.* 젓가락 *6.* 사장

# 수수께끼 뱅크

1 두 줄의 철로 위로 기차가 지나가면
철로가 한 줄로 바뀌는 것은?

2 둘이 먹다가 하나가
죽어도 모르는 것은?

3 둥근 뼈 속에 살이 있는 것은?

4 뒤로 가면 이기고
앞으로 가면 지는 것은?

5 뒤에서 부르면 돌아보는 까닭은?

6 뒤웅박에 구멍이 일곱 개
나 있는 것은?

정답 1. 지퍼 2. 연탄가스 3. 호두 4. 줄다리기
5. 뒤통수에 눈이 없으니까 6. 얼굴

# 수수께끼 뱅크

1 '드디어 나타났다'를 실감 나게
네 자로 말하면?

2 듣기 좋은 노래도
자꾸 하면?

3 들어가는 문은 하나,
나가는 문은 두 개인 것은?

4 들어갈 때는 검은 얼굴인데,
나올 때는 흰 얼굴인 것은?

5 들어갈 때는 머리 맞고
나올 때는 머리 뽑히는 것은?

6 들어갈 때는 빳빳하고
나올 때는 물렁물렁한 것은?

정답 1. 짜짜짜짠! 2. 히트한다
3. 바지 4. 연탄 5. 못 6. 껌

# 수수께끼 뱅크

1 들어갈 때는 옷을 입고
나올 때는 벌거벗는 것은?

2 들어 있으면 서 있고,
비면 주저앉는 것은?

3 등산객의 수가 적어도
늘 많다고 하는 산은?

4 등에 눈이 달린 것은?

5 등에 뿔이 나 있는 것은?

6 등에 산봉우리를 지고 다니는 것은?

정답 1. 벼 2. 자루 3. 만인산
4. 게 5. 지게 6. 낙타

# 수수께끼 뱅크

1 등에 업혀 학교에 다니는 것은?

2 등에 집을 지고 다니는 것은?

3 등 위에 배꼽이 달린 것은?

4 등쳐 먹고 사는 사람은?

5 '딩동댕' 의 반대말은?

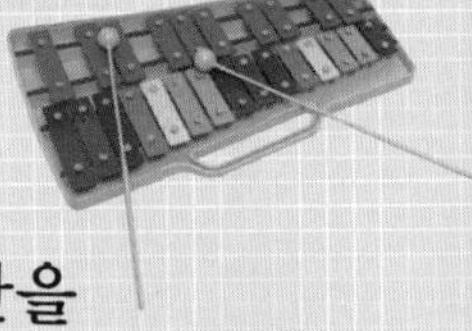

6 땅 투기꾼과 인신매매단을 일곱 자로 줄이면?

**정답** 1. 책가방 2. 달팽이, 소라, 우렁이 3. 솥뚜껑 4. 안마사 5. 땡 6. 땅 팔자 사람 팔자

# 수수께끼 뱅크

1 땅바닥에 삿대질하는 것은?

2 땅바닥을 '쿵' 구르고
손바닥을 '후' 하고 부는 것은?

3 때로 힘들고 때로 고달파도
때로 돈 버는 사람은?

4 때리고 훔치고 도망갔는데도
크게 칭찬받는 사람은?

5 때리는 일이 직업인 사람은?

6 때리면 때릴수록 잘 도는 것은?

**정답** 1. 지팡이 2. 쿵후 3. 때밀이
4. 야구 선수 5. 권투 선수 6. 팽이

# 수수께끼 뱅크

1 때리면 울고, 울면 그 소리가 아름답다고 하는 것은?

2 떡은 떡인데, 못 먹는 떡은?

3 떡 중에서 가장 빨리 먹는 떡은?

4 똑똑한 사람에게 하는 말은?

5 똥구멍을 푹 찌르면 혀를 쏙 내미는 것은?

6 똥은 똥인데, 튀면 큰일 나는 똥은?

정답 1. 종 2. 꿀떡(침 삼키는 소리) 3. 헐레벌떡
4. 누구세요 5. 자물쇠 6. 불똥

# 수수께끼 뱅크

1 똥차에 뚜껑을 닫는 이유는?

2 뚱뚱한 아이가
간장독에 빠지면?

3 뚱뚱한 아이가
잡채를 먹으면?

4 뚱뚱한 남자가 승마를 시작한 뒤에
몸무게가 20kg이나 빠졌지만
전혀 기뻐하지 않았다. 왜?

5 뛰면 주저앉고
주저앉으면 뛰는 것은?

6 뛰어도 뛰어도 가지 않는 것은?

**정답** 1. 먼지 들어갈까 봐 2. 돼지 장조림 3. 순대
4. 말의 몸무게가 20kg 빠졌기 때문에 5. 널 6. 그네

# 수수께끼 뱅크

1 뜨거운 것을 잘 먹는 것은?

2 뜨거운 물만 먹고 사는 것은?

3 뜨거워도 차다고 하는 것은?

정답 1. 재떨이 2. 보온병
3. (마시는) 차

# more 모아 수수께끼

## 돈(money) 시리즈

1. 돈을 영어로 하면?

2. 달걀 살 때 지불한 돈은?

3. 도둑이 훔쳐 간 돈은?

4. 아저씨들이 좋아하는 돈은?

5. 할아버지가 좋아하는 돈은?

6. 며느리들이 싫어하는 돈은?

7. 생각만 해도 가슴이 찡한 돈은?

8. 술 마시고 내는 돈은?

정답 1. 머니(money) 2. 에그머니(egg+money) 3. 슬그머니 4. 아주머니
5. 할머니 6. 시어머니 7. 어머니 8. 주머니 *주(酒) : 술 주

# 수수께끼 뱅크

1 라면은 라면인데, 못 먹는 라면은?

2 로또의 당첨 확률을 2배로 올리는 방법은?

3 루돌프 코는 왜 반짝거릴까?

정답 1. 바다가 육지라면
2. 두 장 산다 3. 닳아서

## more 모아 수수께끼

# 코 시리즈

1. '이것은 코다'를 세 글자로 말하면?

2. '이것은 코가 아니다'를 세 글자로 하면?

3. '이것은 절대 코가 아니다'를 세 글자로 하면?

4. '이것은 뾰족한 코다'를 세 글자로 하면?

5. '이것은 결국 도로 코가 된다'를 세 글자로 하면?

6. 얻어터져서 붕대로 꽁꽁 싼 코의 이름은?

7. 세상에서 가장 긴 코의 이름은?

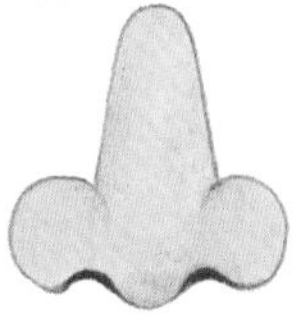

8. 세상에서 가장 큰 코의 이름은?

**정답** 1. 디스코(This is nose.) 2. 이코노 3. 코코낫 4. 모나코 5. 도루코 6. 싸만코 7. 코오롱 8. 멕시코

# 수수께끼 뱅크

1 마디도 줄기도 없이 잘 자라는 것은?

2 마른 나뭇가지에 열매가 주렁주렁 달린 것은?

3 마를수록 무거워지는 것은?

4 마셔도 마셔도 배가 부르지 않는 것은?

5 마음으로 고칠 수 있는 두 가지 불구는?

6 막대기를 손대지 않고 짧게 만들려면?

**정답** 1. 머리카락 2. 곶감 3. 노인의 다리 4. 공기 5. 염치 불구(염치 불고)와 체면 불구(체면 불고) 6. 옆에 긴 막대기를 놓는다

## 수수께끼 뱅크

1 막대기 끝에 털이 난 것은?

2 막대기 하나로 집을 짓는 것은?

3 만날 때나 헤어질 때나
똑같이 하는 인사말은?

4 만두 장수가 가장 듣기
싫어하는 소리는?

5 만든 사람은 쓰지 못하고,
쓰는 사람은 보지 못하는 것은?

6 만 리 길을 가장 빨리 가려면?

**정답** 1. 붓 2. 우산 3. 안녕 4. 속 터진다
5. 관 6. 서울 만리동 고개를 넘는다

# 수수께끼 뱅크

1 만약 귓구멍이 없다면 어떻게 될까?

2 만원 버스에서 못생긴 여학생들이 남학생 쪽으로 우르르 쓰러지자 남학생이 하는 말은?

3 많아지기만 하고 절대로 적어지지는 않는 것은?

4 많이 가질수록 괴로운 것은?

5 많이 나와도 적게 나와도 쑥 나왔다고 하는 것은?

6 많이 먹거나 적게 먹거나 항상 배부른 것은?

**정답** *1.* 세상이 조용해진다 *2.* 호박이 덩굴째 굴러 왔다 *3.* 나이 *4.* 병 *5.* 쑥 *6.* 항아리

# 수수께끼 뱅크

1 많이 먹어도 배는 부르지 않고
화만 나는 것은?

2 많이 배운 사람에게
있는 양은?

3 많이 실어도 적게 실어도
무게가 똑같은 것은?

4 많이 태우면 태울수록 좋은 사람은?

5 말과 행동이 다른 사람이
즐겨 먹는 밥은?

6 말괄량이 삐삐를 일곱 자로 하면?

정답 1. 욕 2. 교양 3. 신문 4. 버스 주인
5. 따로국밥 6. 말괄량이 호출기

# 수수께끼 뱅크

1 말 못하는 선생님은?

2 말은 말인데, 가장 정직한 말은?

3 말의 꼬리가 5개인
말은 무슨 말일까?

4 말이 서쪽을 향하고 있다면
말의 꼬리는 어디를 향하고 있을까?

5 말하는 네모난 상자는?

6 맞고도 기분 좋은 것은?

정답 1. 책 2. 참말 3. 거짓말
4. 땅 또는 아래쪽 5. 라디오 6. 안마

# 수수께끼 뱅크

1 맞고 오면 엄마가 싫어하는 것은?

2 맞고 오면 엄마가 좋아하는 것은?

3 멀리 갈수록 점점 더 멀어지는 것은?

4 매달린 집에 수없이 많은 문이 달려 있는 것은?

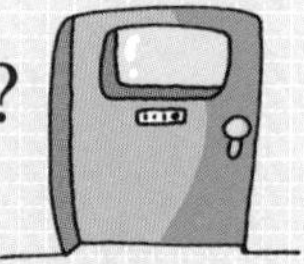

5 매를 맞아야 일을 했다고 하는 것은?

6 매를 맞으면 노래를 부르는 것은?

정답 1. 빵점 2. 백 점 3. 출발지
4. 벌집 5. 다듬잇돌 6. 종

# 수수께끼 뱅크

1 매일 눈, 코, 입을 찔리며 사는 것은?

2 매일 뜨거운 불덩이로
몸을 지져도 끄떡없는 것은?

3 매일 방귀만
뀌는 나무는?

4 매일 아침마다 생기는 나라는?

5 매일 찍어야 살 수 있는 사람은?

6 매일 학교에는 따라가지만
공부는 하지 않는 것은?

정답 1. 볼링공 2. 재떨이 3. 뽕나무
4. 일어나라 5. 사진사 6. 책가방

# 수수께끼 뱅크

1 맨입으로도 할 수 있는 일이란?

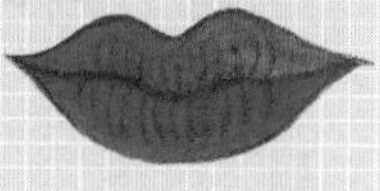

2 머리가 두 조각 났는데도
잘 사는 것은?

3 머리가 아래로 향한 채 일하는 것은?

4 머리가 아픈 사람들이
많이 모인 거리는?

5 머리가 잘못하면
꼬리가 고쳐 주는 것은?

6 머리 둘레에 머리카락이
없는 사람은?

**정답** 1. 뽀뽀 2. 콩나물 3. 붓 4. 두통거리
5. 지우개 달린 연필 6. 주변머리 없는 사람

# 수수께끼 뱅크

1 머리로 먹고, 머리로 내놓는 것은?

2 머리로 박치기하면
불이 나는 것은?

3 머리를 감을 때 가장 먼저 감는 것은?

4 머리를 맞아야만 들어가는 것은?

5 머리와 꼬리가 똑같은 날은?

6 머리에 바가지를 쓰고 다니는
사람은?

정답 1. 병 2. 성냥 3. 눈
4. 못 5. 일요일 6. 군인

# 수수께끼 뱅크

1 머리에 보약을 이고 다니는 동물은?

2 머리 풀고 독으로 들어가는 것은?

3 머리 풀고 하늘로 올라가는 것은?

4 먹고살기 위해 배워야 하는 술은?

5 먹고살기 위해 비비 꼬는 사람은?

6 먹고살기 위해 하는 내기는?

정답 1. 사슴 2. 김장 배추 3. 연기
4. 기술 5. 꽈배기 장수 6. 모내기

## more 모아 수수께끼

### 사람 이름

1. 차만 타면 코를 푸는 나쁜 사람은?

2. 화장실이 급한 여배우는?

3. 인도의 유명한 점쟁이 이름은?

4. 필리핀에서 유명한 장사꾼의 이름은?

5. 역대 미국 대통령 중에서
바지가 늘 흘러내려 고생한 사람은?

6. 미국에서 잘나가는 여자 거지는?

7. 미국에서 잘나가는 여자 강도는?

8. 일본에서 가장 낚시를 잘하는 사람은?

9. 일본에서 가장 날씬한 사람은?

**정답** 1. 차이코프스키(차이콥스키) 2. 소피 마르소 3. 알간디 모르간디
4. 막사라 막사(필리핀 제3대 대통령은 막사이사이) 5. 루스벨트(lose belt)
6. 더달란 마리아 7. 다내노란 마리아 8. 다나까 9. 비사이로 마까

10. 일본에서 가장 마음이 약한 자매는?

11. 일본에서 가장 방귀를 잘 뀌는 여자는?

12. 일본 수도국장 이름은?

13. 일본의 유명한 구두쇠는?

14. 일본의 구두쇠 부인 이름은?

15. 일본의 유명한 부자 이름은?

16. 일본에서 가장 뚱뚱한 사람의 이름은?

17. 중국에서 제일 무식한 부부가 낳은 3형제의 이름은?

18. 중국에서 가장 활을 잘 쏘는 사람은?

19. 중국에서 유명한 술고래의 이름은?

**정답** *10.* 우짜꼬, 우야꼬 *11.* 아까끼꼬 또끼꼬 *12.* 무라까와 쓰지마 *13.* 도나까와 쓰지마 *14.* 겐자이 아끼네 *15.* 도느로 똥따까 *16.* 산사이도 모까 *17.* 영몰라, 통몰라, 왕창몰라 *18.* 통쏴 *19.* 곤드레만드레

# 수수께끼 뱅크

1 먹기 전에는 한 개인데
먹을 때에는 두 개가 되는 것은?

2 먹으면 먹을수록 가벼워지는 것은?

3 먹으면 먹을수록
눈물이 나오는 음식은?

4 먹으면 먹을수록
배가 고파지는 것은?

5 먹으면 먹을수록
몸이 덜덜 떨리는 음식은?

6 먹으면 뚱뚱해지고
안 먹으면 홀쭉해지는 것은?

정답 1. 나무젓가락 2. 풍선 3. 울면
4. 소화제 5. 추어탕 6. 자루

# 수수께끼 뱅크

1 먼 곳은 밝은데
가까운 곳은 어두운 것은?

2 먼 산 보고 방귀 뀌는 것은?

3 먼 산 보고 부채질하는 것은?

4 먼저 말하지 못하는 것은?

5 먼저 타고 나중에 내리는 사람은?

6 멍은 멍인데, 누구에게나 있는 멍은?

**정답** 1. 등잔 2. 총 3. 키질 4. 메아리
5. 사공 6. 눈구멍 또는 콧구멍

# 수수께끼 뱅크

1 멍청한 아이가
바위들 사이에서 사진을 찍으면?

2 메고 올라가서 타고 내려오는 것은?

3 모래판에서만 할 수 있는 장사는?

4 모자는 모자인데,
머리에 쓰지 못하는 것은?

5 모자 벗고 일하고,
모자 쓰고 잠자는 것은?

6 모기가 가장 좋아하는 은행은?

**정답** *1.* 가족 사진 *2.* 낙하산 *3.* 천하장사 *4.* 모자(어머니와 아들) *5.* 만년필 또는 사인펜 *6.* 혈액은행

# 수수께끼 뱅크

1 모기를 잡아 죽일 수 없는 이유는?

2 모두 똑같이 생긴 집을 짓고 사는 동네는?

3 목수도 고칠 수 없는 집은 어떤 집일까?

4 목욕탕에서 옷 입고 있는 사람은?

5 목을 조이는 것인데도 기쁘게 받는 선물은?

6 몸뚱이 하나에 꼬리 달고 하늘에서 춤추는 것은?

**정답** 1. 피를 나눈 형제라서 2. 공동묘지
3. 고집 4. 때밀이 5. 넥타이 6. 꼬리연

# 수수께끼 뱅크

1 몸에 수많은 가시가 박혔는데도
아픔을 못 느끼는 것은?

2 몸에 지니고 다니는 반찬 그릇은?

3 몸에서 가장 비싼 부분은?

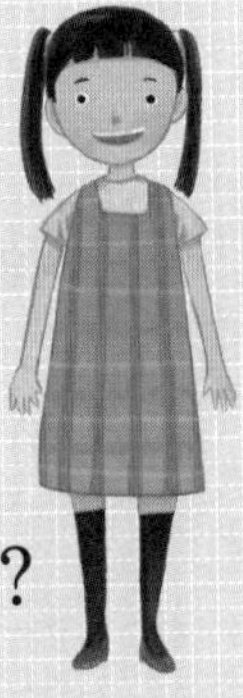

4 몸에서 돌보다
단단한 부분은?

5 몸은 하나이지만
이는 수없이 많은 것은?

6 몸은 하얀색인데
노란 옷을 입고 있는 것은?

**정답** 1. 고슴도치 2. 장단지(장딴지) 3. 오금
4. 머리카락(돌을 뚫고 나오니까) 5. 톱 6. 참외

# 수수께끼 뱅크

1 못된 사업가들이
가장 싫어하는 금은?

2 못 먹는 깨는?

3 못사는 사람이 많을수록
잘사는 사람은?

4 못 사온다고 하면서 사오는 것은?

5 못생긴 여자를
특히 좋아하는 사람은?

6 못은 못인데, 박을 수 없는 못은?

**정답** 1. 세금 2. 주근깨 3. 철물점 주인
4. 못 5. 성형외과 의사 6. 연못

# 수수께끼 뱅크

1 못 팔았는데도 돈 번 사람은?

2 무드에 약한 여자들이 꼭 읽어야 할 책은?

3 무섭고 더럽고 가여운 것은?

4 무슨 일이든지 자꾸 뒤로 미루는 사람들이 하는 일은?

5 무엇이든지 자꾸 보겠다고 하는 곡식은?

6 묵은 묵인데, 먹지 못하는 묵은?

**정답** 1. 철물점 주인 2. 탈무드 3. 호랑이가 똥 싸고 죽은 것 4. 차일피일 5. 보리 6. 침묵

# 수수께끼 뱅크

1 문어의 손과 발을 구분하는 방법은?

2 문은 문인데, 글로 만드는 긴 문은?

3 문은 문인데, 글로 만드는 짧은 문은?

4 문은 문인데, 커도 작다고 하는 문은?

5 문은 문인데, 손가락에 있는 문은?

6 문은 문인데, 신혼부부가 가장 좋아하는 문은?

**정답** 1. 머리를 때려서 머리 위로 올라가는 것이 손
2. 장문 3. 단문 4. 소문 5. 지문 6. 허니문

# 수수께끼 뱅크

1 문을 두드려도 열어 주지 않는 방은?

2 문이 위쪽으로 난 집은?

3 물건은 하나인데, 보는 사람마다 제각각으로 보이는 것은?

4 물건을 샀는데도 받는 돈은?

5 물고기의 반대말은?

6 물고기 중에서 가장 많이 배운 물고기는?

정답 1. 화장실 2. 제비집 3. 거울 4. 거스름돈 5. 불고기 6. 고등어

# 수수께끼 뱅크

1 물만 먹으면 죽는 것은?

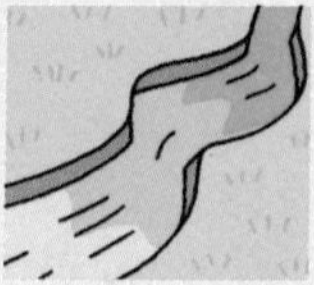

2 물속에서 엿장사하는 것은?

3 물 없는 곳에서도
할 수 있는 물놀이는?

4 물에 넣어도 젖지 않고
불에 넣어도 타지 않는 것은?

5 물에 빠지면 제일 먼저 만나는 적은?

6 물에서 만들어졌지만
물에 들어가면 죽는 것은?

정답 1. 불 2. 게 3. 사물놀이
4. 그림자 5. 허우적 6. 소금

# 수수께끼 뱅크

1 물 위를 다니는 나무는?

2 물을 끈으로 묶을 수 있는 방법은?

3 미국의 카우보이가 서울에 와서
꼭 찾아가는 동네는?

4 미소의 반대말은?

5 미역 장수가
가장 좋아하는 산은?

6 밑으로 먹고 등으로 토하는 것은?

정답 1. 배(나무로 만든 배) 2. 물을 얼린다
3. 목동 4. 당기소 5. 출산 6. 대패

## more 모아 수수께끼

# IQ 시리즈

1. IQ 40이 생각하는 산토끼의 반대말은?

2. IQ 60이 생각하는 산토끼의 반대말은?

3. IQ 80이 생각하는 산토끼의 반대말은?

4. IQ 100이 생각하는 산토끼의 반대말은?

5. IQ 150이 생각하는 산토끼의 반대말은?

6. IQ 200이 생각하는 산토끼의 반대말은?

**정답** 1. 끼토산 2. 집토끼 3. 죽은 토끼 4. 바다 토끼 5. 판 토끼 6. 알칼리 토끼

## 똑같이 나누기

땅부자인 김 노인이 죽자 5명의 아들은 땅을 똑같이 나눠 가지기로 했다. 그런데 도무지 땅을 똑같이 나눌 방법을 찾을 수 없었다.
그때 영특한 막내가 말했다.
"형님, 이렇게 하면 5조각을 모두 똑같이 나눌 수가 있어요."
막내는 땅을 어떻게 나누었을까?

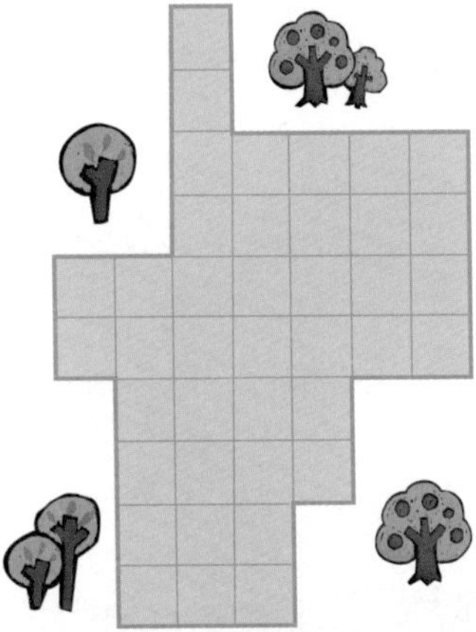

# ㅂ

# ㅅ

# 수수께끼 뱅크

1 바가지는 바가지인데,
쓰지 못하는 바가지는?

2 바가지 두 개가 나란히
누워 있는 것은?

3 바느질하려고 실을 찾는 사람을
다섯 자로 줄이면?

4 바늘과 실이 있어도
옷을 못 꿰매는 것은?

5 바다에서 제일 어른은?

6 바다와 육지 사이에 있는 것은?

정답 1. 해골바가지 2. 엉덩이 3. 실없는 사람 4. 낚싯바늘과 낚싯줄 5. 새우(수염이 있고 허리가 꼬부라졌기 때문에) 6. 와

# 수수께끼 뱅크

1 바닷가에서만 할 수 있는 욕은?

2 바닷가에서 바람결 따라
춤추는 것은?

3 바람은 바람인데,
부는 바람이 아닌 것은?

4 바보 남편과 천재 아내가 아기를
낳았다. 어떤 아기가 나왔을까?

5 바위는 바위인데,
사람들이 싫어하는 바위는?

6 바지 안에서 잃어버렸는데,
찾을 수 없는 것은?

**정답** 1. 해수욕 2. 갈대 3. 치맛바람
4. 갓난아기 5. 야바위 6. 방귀

# 수수께끼 뱅크

1 바퀴가 있는데도 날아다니는 것은?

2 박은 박인데, 못 먹는 박은?

3 박은 박인데, 받으면 슬픈 박은?

4 반드시 매를 맞아야 돌아가는 것은?

5 반드시 모자를 벗어야 일이 되는 곳은?

6 반쯤은 앉고 반쯤은 서서 추는 춤은?

정답 1. 비행기 2. 수박 3. 구박 4. 팽이 5. 이발소 또는 미용실 6. 엉거주춤

# 수수께끼 뱅크

1 받기만 하고 줄 줄은 모르는 것은?

2 발버둥 치는 사람이 가장 많은 곳은?

3 발은 발인데,
냄새 대신 좋은 향기가 나는 발은?

4 발은 발인데,
머리에 달린 발은?

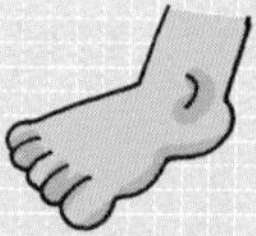

5 발은 발인데, 허공에서 춤추는 발은?

6 발은 없지만 천 리 만 리까지
잘 가는 것은?

**정답** 1. 쓰레받기 2. 수영장 3. 꽃다발
4. 가발 5. 깃발 6. 소문

# 수수께끼 뱅크

1 발이 다리에 달리지 않고 머리에 달린 것은?

2 발이 두 개 달린 소는?

3 밟을수록 달아나는 것은?

4 밤낮 남의 말만 전하는 것은?

5 밤낮 눈을 부릅뜨고 서 있는 것은?

6 밤에는 절대로 찾을 수 없는 것은?

정답 1. 문어 2. 이발소 3. 자전거
4. 전화기 5. 장승 6. 해

# 수수께끼 뱅크

1 밤에는 절대로 할 수 없고
낮에만 할 수 있는 것은?

2 밤에 보아야 더욱 아름다운 꽃은?

3 밤이 되면 살아나고
낮이 되면 죽는 것은?

4 밥 먹기 전에 세수하고,
밥 먹은 후에 또 세수하는 것은?

5 밥 먹을 때마다
발을 동동 구르는 것은?

6 밥은 주지도 않으면서
밥을 준다고 하는 것은?

**정답** 1. 낮잠 2. 불꽃 3. 별 4. 밥상 또는 식탁 5. 젓가락 6. 태엽 시계

# 수수께끼 뱅크

1 밥은 퍼 주면서 먹지는 못하는 것은?

2 밥을 며칠에 한 번씩 주어도
잘 사는 것은?

3 방귀 뀌고 달려가는 것은?

4 방귀를 잘 뀌는 나무는?

5 방귀를 한 글자로 표현하면?

6 방망이로 얻어맞고
멀리 날아가는 것은?

정답 1. 주걱 2. 태엽 시계 3. 오토바이
4. 뽕나무 5. 뽕 6. 야구공

# 수수께끼 뱅크

1 방 안에서 치고 잘 수 있는 텐트는?

2 방에 불을 켜면
가장 먼저 도망가는 것은?

3 방에서는 절대 살 수 없는 사람은?

4 방울은 방울인데,
소리 안 나는 방울은?

5 방은 방인데, 못 들어가는 방은?

6 배가 고파도 먹어야 하고,
배가 불러도 먹어야 하는 것은?

**정답** *1.* 모기장 *2.* 어둠 *3.* 눈사람
*4.* 솔방울 *5.* 가방 *6.* 나이 또는 공기

# 수수께끼 뱅크

1 배가 부를수록 하늘로 날아가려고 하는 것은?

2 배꼽에 털난 열매는?

3 배꼽을 빙빙 돌리고 밥을 주었다고 하는 것은?

4 배는 배인데, 어른들이 불로 태워서 없애는 배는?

5 배운 적도 없으면서 어느 나라 말이나 다 따라하는 것은?

6 배울 것 다 배웠는데 여전히 배우라는 말을 듣는 사람은?

정답 1. 풍선 2. 도토리 3. 태엽 시계 4. 담배 5. 앵무새 6. 배우

# 수수께끼 뱅크

1 배워서 남 주는 사람은?

2 배의 조각인데
먹지 못하는 것은?

3 백만장자가 부럽지 않은 사람은?

4 백에서 하나가 모자라도
백이라고 하는 것은?

5 뱀은 뱀인데, 네 발 달린 뱀은?

6 버스에 아무리 사람이 많아도
앉아 가는 사람은?

**정답** 1. 선생님 2. 조각배 3. 억만장자
4. 흰 백(白) (일백 백(百)에서 한 획을 빼
도 백이기 때문에) 5. 도마뱀 6. 운전사

## more 모아 수수께끼

### 세상에서 가장~

1. 세상에서 가장 더러운 집은?

2. 세상에서 가장 맛있는 집은?

3. 세상에서 가장 뜨거운 바다는?

4. 세상에서 가장 차가운 바다는?

5. 세상에서 가장 쓸쓸한 바다는?

6. 세상에서 가장 나쁜 말은?

7. 세상에서 가장 추잡스러운 개는?

8. 세상에서 가장 빠른 새는?

9. 세상에서 가장 빠른 닭은?

10. 세상에서 가장 야한 닭은?

**정답** *1.* 똥집 *2.* 닭똥집 *3.* 열바다(열받아) *4.* 썰렁해 *5.* 쓸쓸해 *6.* 거짓말 *7.* 꼴불견 *8.* 눈 깜짝할 새 *9.* 후다닥 *10.* 홀딱

11. 세상에서 가장 골치 아픈 끈은?

12. 세상에서 가장 빨리 먹는 떡은?

13. 세상에서 가장 잘 깨지는 유리창은?

14. 세상에서 가장 머리 긴 사람은?

15. 세상에서 가장 큰 다이아몬드는?

16. 세상에서 가장 큰 콩은?

17. 세상에서 가장 황당한 미용실 이름은?

18. 세상에서 가장 겁 없는 사람은?

19. 세상에서 가장 게으른 사람이 죽었다.
그 이유는?

**정답** 11. 지끈지끈 12. 헐레벌떡 13. 와장창 14. 장발장 15. 야구장의 다이아몬드 16. 홍콩 17. 버르장머리 18. 장님(뵈는 게 없어서), 소방관(물불 안 가려서) 19. 숨 쉬기가 귀찮아서

# 수수께끼 뱅크

1 버스 운전사가 버스에 올라 가장 먼저 잡는 것은?

2 벌레 중 가장 빠른 벌레는?

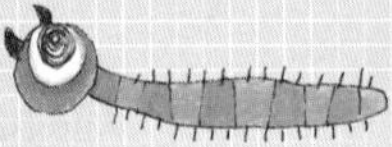

3 벌레 중 가장 신나는 벌레는?

4 벌리면 네 가락, 오므리면 한 가락이 되는 것은?

5 범죄자가 가장 싫어하는 과자는?

6 법이 없어도 살 수 있는 사람은 정직한 사람. 그럼 법이 없어야 살 수 있는 사람은?

정답 1. 자리 2. 바퀴벌레 3. 장구벌레 4. 가위 5. 전과자 6. 사형수

# 수수께끼 뱅크

1 법적으로 바가지 요금을 받아도 되는 장사는?

2 베개 하나에 여럿이 누워 있는 것은?

3 베어도 베어도 베어지지 않는 것은?

4 벼락을 잡아먹고도 끄떡없는 것은?

5 변호사는 말로 싸운다. 검사는 무엇으로 싸울까?

6 별 가운데 가장 슬픈 별은?

정답 1. 바가지 장사 2. 서까래 3. 물 4. 피뢰침 5. 칼 6. 이별

# 수수께끼 뱅크

1 별것 다 실어도 무겁지 않은 것은?

2 병균들 중에서 최고 우두머리는?

3 '병든 자는 다 내게로 오라' 라고 말한 사람은?

4 병아리가 가장 잘 먹는 약은?

5 병에 걸린 사람들이 가장 받고 싶어하는 복은?

6 병은 병인데, 군인들이 가장 싫어하는 병은?

정답 1. 신문 2. 대장균 3. 엿장수 4. 삐약(삐악) 5. 회복 6. 탈영

# 수수께끼 뱅크

1 병은 병인데,
환자들을 돌보는 병은?

2 병 중에서 가장 뜨거운 병은?

3 보고도 못 먹는 떡은?

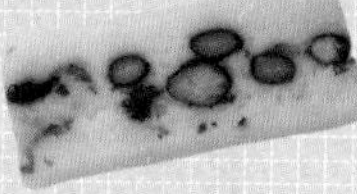

4 보내기 싫으면?

5 보는 보인데,
물건을 쌀 수 없는 보는?

6 보려고 해도 안 보이고
안 보려고 해도 보이는 것은?

**정답** 1. 간병 2. 화염병 3. 그림의 떡
4. 주먹이나 가위를 낸다 5. 울보 6. 꿈

# 수수께끼 뱅크

1 보름 동안은 자라고
보름 동안은 작아지는 것은?

2 보이지는 않지만 사람들에게
꼭 필요한 것은?

3 보통의 반대말은?

4 봄에 오면 가을에 가고,
가을에 오면 봄에 가는 것은?

5 부동산 투기꾼의 애창곡은?

6 부산에 가기 위해 열차를 탔다.
서울역에서 출발하고 1시간 뒤,
열차는 어디를 달리고 있을까?

**정답** *1.* 달 *2.* 공기 *3.* 곱배기 *4.* 철새(제비, 기러기 등)
*5.* 바다가 육지라면, 독도는 우리 땅, 아파트 *6.* 철로 위

# 수수께끼 뱅크

1 부인이 남편에게 매일 주는 상은?

2 북은 북인데, 살아 움직이는 북은?

3 북 중에 사방을 가리키는 북은?

4 분명 소리는 나는데 볼 수 없는 것은?

5 불면 불수록 부풀어 오르는 것은?

6 불은 불인데, 배 위에 올려놓아도 뜨겁지 않은 불은?

정답 1. 밥상 2. 거북 3. 동서남북 4. 바람 5. 풍선 6. 이불

# 수수께끼 뱅크

1 불은 불인데, 절에만 있는 불은?

2 불을 켜면 계속 눈물을 흘리는 것은?

3 불을 끄지 않으면
절대 잠잘 수 없는 사람은?

4 불이 안 켜지는 초는?

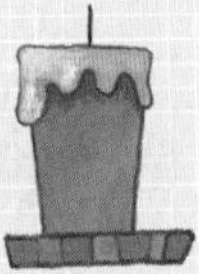

5 붉은 길에 동전 한 개가
떨어져 있다. 동전의 이름은?

6 비가 오나 눈이 오나 빨간색 옷을
입고 길가에 서 있는 것은?

정답 1. 염불 2. 양초 3. 소방관
4. 식초 5. 홍길동전 6. 우체통

# 수수께끼 뱅크

1 비가 오면 활짝 웃고 해가 나면 오므라드는 것은?

2 비가 올 때 웃으면?

3 비 가운데 먹을 수 있는 비는?

4 비는 비인데, 특히 사람을 고통스럽게 하는 비는?

5 비는 비인데, 사람을 홀리는 비는?

6 비 오는 날이면 신이 나서 뛰어다니는 사람은?

정답 1. 우산 2. 비웃음 3. 갈비 또는 콩비 4. 변비 5. 도깨비 6. 우산 장수

# 수수께끼 뱅크

1 비 올 때에만 나와서
돌아다니는 것은?

2 비행기 안에 있는
화장실을 다섯 자로 하면?

3 빈손으로 갔다가
물 들고 나오는 것은?

4 빛깔이 흰데도 보라라고 하는 것은?

5 빛만 보면 죽는 것은?

6 빛보고 큰소리치는 것은?

정답 1. 우산 2. 공중 화장실 3. 두레박
4. 눈보라 5. 필름 6. 천둥

# 수수께끼 뱅크

1 빛이 나지 않는 별은?

2 빨간 얼굴에 검은 주근깨투성이인 것은?

3 빨강, 노랑, 파랑 등 여러 가지 색깔의 새들이 모였는데, 모두 까만 새가 된 이유는?

4 빨면 빨수록 짧아지는 것은?

5 뻔뻔스럽고 염치없는 사람의 피는?

6 뻥튀기 아저씨의 직업을 유식하게 표현하면?

정답 1. 이별, 작별 2. 딸기 3. 밤에 모였기 때문에 4. 담배 5. 철면피 6. 곡물 팽창업

# 수수께끼 뱅크

1 뼈로 만든 방은?

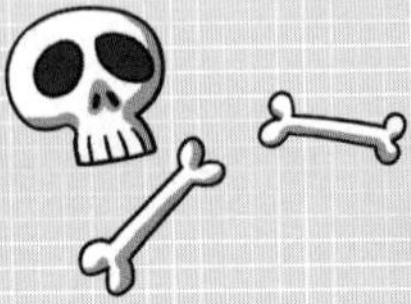

2 뼈 없는 손가락은?

3 뼈 하나에 노란 이가 나 있는 것은?

4 뿔도 없이 착하기만 한 소는?

정답 1. 골방 2. 장갑
3. 옥수수 4. 미소

# more 모아 수수께끼

## 알파벳 수수께끼

닭이 낳는 것은 r

기분 나쁠 때는 a

먹구름 뒤에는 b

수박 속에 든 것은 c

임신 후 낳는 것은 i

몸에 들어가면 가려운 것은 e

코가 간지러우면 h

모기의 밥은 p

징그러운 꼬리를 가진 것은 g

기발한 생각이 났을 때는 o

시작을 알리는 사인(sign)은 q

영국 사람이 즐겨 먹는 것은 t

당신을 뜻하는 말은 u

잘난 척할 때는 m

없으면 궁하고 있으면 골치 아픈 것은 n(애인)

# 수수께끼 뱅크

1 사고도 못 샀다고 하는 것은?

2 사과를 깎을 때,
칼로 살짝 때리는 이유는?

3 사냥꾼이 어렵게 잡은 곰을
풀어 주었다. 그 이유는?

4 4년에 한 번씩 생일을 지내는
사람의 생일은 언제일까?

5 사람과 쌀에는 있는데
지렁이에게는 없는 것은?

6 사람들로 가득 찬 버스가 벼랑에서
떨어졌는데 부상자가 한 명도
없었다. 그 이유는?

**정답** 1. 못 2. 기절시키려고 3. 쓸개 빠진 곰이라서 4. 2월 29일 (보통 해의 2월에는 28일밖에 없고, 4년마다 돌아오는 윤년에는 2월 29일까지 있다) 5. 코 6. 승객 전원이 사망하였기 때문에

# 수수께끼 뱅크

1 사람들을 재미있게 해 주는 보따리는?

2 사람들이 가장 부러워하는 벌은?

3 사람들이 가장 많이 내는 소리는?

4 사람들이 가장 싫어하는 거리는?

5 사람들이 가장 싫어하는 색은?

6 사람들이 가장 좋아하는 영화는?

**정답** 1. 웃음보따리 2. 재벌 3. 숨소리 4. 걱정거리 5. 질색 6. 부귀영화

# 수수께끼 뱅크

1 사람들이 가장 좋아하는 춤은?

2 사람들이 갑자기
쓸 만한 것을 찾은 이유는?

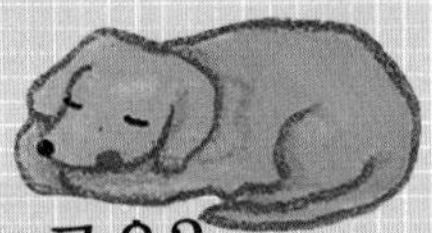

3 사람들이 개를
물어뜯을 수 있는 곳은?

4 사람들이 물에 빠졌을 때
구명보트가 구할 수 있는 인원은?

5 사람들이 이곳저곳 분주히 다니며
마시는 술은?

6 사람들이 즐겨 먹는 피는?

**정답** *1.* 안성맞춤 *2.* 소나기가 내려서
*3.* 보신탕집 *4.* 9명 *5.* 동분서주 *6.* 커피

# 수수께끼 뱅크

1 사람에게 다가올 때 사이렌을 울리며 다가오는 것은?

2 사람에게는 다 때가 있는 법이라며 찾아가는 곳은?

3 사람에게 배꼽이 있는 이유는?

4 사람은 사람인데, 겨울에 태어나 봄이 오면 죽는 사람은?

5 사람은 왜 귀가 둘인가?

6 사람을 적셨다가 말려서 파는 사람은?

**정답** 1. 모기 2. 목욕탕 3. 앞뒤 구분하라고 4. 눈사람
5. 듣기 싫은 소리는 나머지 한 귀로 흘리라고 6. 사진사

# 수수께끼 뱅크

1 사람의 몸무게가 가장 많이 나갈 때는?

2 사람의 욕심을 한 글자로 표현하면?

3 사람이 건너다닐 수 없는 다리는?

4 사람이 웃으면 따라 웃고 울면 따라 우는 것은?

5 사람이 입을 수 있는 비는?

6 사람이 있을 때는 필요 없고, 사람이 없을 때에만 제구실을 하는 것은?

정답 1. 철들 때 2. 다 3. 무지개다리
4. 거울 5. 우비 6. 자물쇠

# 수수께끼 뱅크

1 사람이 흔히 먹는 제비는?

2 사람 잡는 말의 이름은?

3 사람 한 명이 지나가면 30분 동안 짖는 개가 있다. 이 개를 5시간 동안 짖게 하려면 몇 명이 있어야 할까?

4 사방이 꽉 막힌 여자는?

5 사시사철 눈만 깜박이고 서 있는 것은?

6 사자는 사자인데, 남을 돕는 착한 사자는?

정답 1. 수제비 2. 잡아 3. 1명(왔다 갔다 하면 된다)
4. 엘리베이터 안내원 5. 신호등 6. 자원봉사자

# 수수께끼 뱅크

1 산과 강은 있는데
나무와 물은 없는 것은?

2 산에 숨어서 남의 흉내만 내는 것은?

3 산은 산인데,
들고 다닐 수 있는 산은?

4 산타 할아버지가 싫어하는 면(국수)은?

5 살면 살수록 많아지는 것은?

6 살은 살인데,
허공으로 날아가는 살은?

정답 1. 지도 2. 메아리 3. 우산, 양산
4. 울면 5. 나이 6. 화살

# 수수께끼 뱅크

1 살이 빠지면 커지는 것은?

2 살찐 사람이 가장 많이 앓는 병은?

3 삶으면 삶을수록 굳어지는 것은?

4 삼시 세끼를 먹을 때마다 주리를 트는 것은?

5 상자 속에서 나와 몸을 태우는 것은?

6 새는 새인데, 날개가 없어 날지 못하는 새는?

정답 1. 옷 2. 몸살 3. 달걀 4. 행주 5. 성냥 6. 도새

# 수수께끼 뱅크

1 새 발의 피보다 작은 것은?

2 새 중에서 가장 빠른 새의 이름은?

3 샘은 샘인데, 물이 없는 샘은?

4 생명은 있지만
눈, 코, 귀가 없는 것은?

5 생일 선물을 받아서
발로 차 버렸다. 왜 그랬을까?

6 생일은 내일인데
낳기는 오늘 낳은 것은?

정답 1. 새 코의 피 2. 눈 깜짝할 새 3. 시샘
4. 달걀 5. 선물이 축구공이라서 6. 신문

# 수수께끼 뱅크

1 생일이 곧 제삿날인 것은?

2 서로 자기가 진짜라고 우기는 신은?

3 서면 낮고 앉으면 높은 것은?

4 서양에서는 서고
동양에서는 누워 있는 글자는?

5 서울 시민 모두가 동시에 외치면
무슨 말이 될까?

6 서서 자는 동물은?

**정답** 1. 하루살이 2. 옥신각신 3. 천장 또는 지붕
4. 한 일(一) 5. 천만의 말씀(서울 시민 천만 명) 6. 말

# 노처녀 시리즈

1. 노처녀가 가장 끌고 싶어 하는 차는?

2. 노처녀가 가장 좋아하는 약은?

3. 노처녀가 가장 좋아하는 아이스크림은?

4. 노처녀가 가장 좋아하는 집은?

5. 노처녀가 사랑보다 더 좋아하는 것은?

6. 노처녀의 유일한 자랑거리는?

7. 노처녀가 사촌이 땅 샀을 때보다 더 배 아플 때는?

**정답** 1. 유모차 2. 홀약 3. 쌍쌍바 4. 시집 5. 신랑 6. 시집갈 뻔했다
7. 사촌이 시집갔을 때

# 도둑 시리즈

1. 도둑이 제일 싫어하는 아이스크림은?

2. 도둑이 제일 좋아하는 아이스크림은?

3. 도둑이 제일 싫어하는 과자는?

4. 도둑이 제일 들어가기 싫어하는 집은?

5. 도둑이 없는 도둑 마을은?

6. 도둑이 도둑질하러 가는 걸음걸이를 네 글자로 표현하면?

**정답** *1.* 누가바 *2.* 보석바 *3.* 누네띠네 *4.* 경찰서 *5.* 교도소 *6.* 털레털레

# 수수께끼 뱅크

1 석탄으로 석유를 만들려면?

2 선물을 받고 하는, '다'로 끝나는 다섯 글자로 된 인사는?

3 성냥만 있고 담배는 없는 사람을 무엇이라고 할까?

4 성미 급한 사람들 위로 뜨는 달은?

5 세계 어디를 가든 가장 빠른 차는?

6 세계에서 가장 경쟁률이 센 대학은?

정답 1. 석탄을 판 돈으로 석유를 산다 2. 뭘 이런 걸 다 3. 불만 있는 사람 4. 안달복달 5. 시차 6. 와세다 대학

# 수수께끼 뱅크

1 세계에서 가장 몸집이 큰 여자는?

2 세계에서 가장 잠수를 잘하는 여자는?

3 세계적으로 잘 알려진 세 여자의 이름은?

4 세 사람만 탈 수 있는 차는?

5 세 사람이 물놀이를 가서 모두 흠뻑 젖었는데, 한 사람만 머리카락이 젖지 않았다. 이유는?

6 세상에 나와서 꼭 한 번 먹고 입을 닫아 버리는 것은?

**정답** 1. 태평양 2. 심청 3. 태평양, 대서양, 인도양 4. 인삼차 5. 대머리여서 6. 편지 봉투

# 수수께끼 뱅크

1 세상에서 가장 큰 컵은?

2 세모난 머리에 다리 열 개 달린 것은?

3 세탁소 주인이 가장 좋아하는 차는?

4 소금을 가장 비싸게 팔려면?

5 소금 장수가 좋아하는 사람은?

6 소나무 숲에 다섯 갈래로 나 있는 길은?

**정답** 1. 월드컵 2. 오징어 3. 구기자차 4. 소금을 소와 금으로 나누어 판다 5. 싱거운 사람 6. 오솔길

# 수수께끼 뱅크

1 소나타는 누가 타는 차일까?

2 소리가 나는 꽃은?

3 소리가 나지 않는 방울은?

4 소리는 소리인데,
들리지 않는 소리는?

5 소리는 전하는데
물건은 못 전하는 것은?

6 소방관이 모든 국민에게 하는 말은?

**정답** 1. 소 2. 나팔꽃 3. 솔방울, 땀방울
4. 잔소리 5. 전화 6. 화(火)내지 마

# 수수께끼 뱅크

1 속상하면 속상할수록
돈 버는 사람은?

2 속이 빌수록 큰 소리가 나는 것은?

3 손가락 끝에 달린 문은?

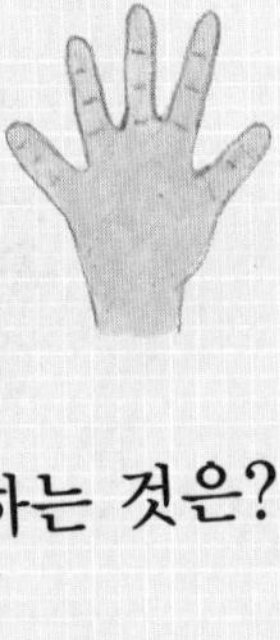

4 손가락으로 싸우는 놀이는?

5 손님만 오면 깔려서 고생하는 것은?

6 손님 앞에서 버릇없이
오줌 누는 것은?

정답 1. 의사 2. 깡통 3. 지문
4. 가위바위보 5. 방석 6. 주전자

# 수수께끼 뱅크

1 손님이 뜸하면 돈을 버는 사람은?

2 손도 발도 없는데
온 세상을 다 돌아다니는 것은?

3 손 안 대고 쌓을 수 있는 것은?

4 손을 넣지 못하는 주머니는?

5 솜 한 근과 돌 한 근은
어느 것이 더 무거울까?

6 수다맨이 가장
좋아하는 금은?

**정답** *1.* 한의사(뜸을 놓아 주면 돈을 받으니까) *2.* 돈 *3.* 똥 *4.* 아주머니 *5.* 똑같다(둘 다 한 근이니까) *6.* 궁금

# 수수께끼 뱅크

1 수험생이 가장 싫어하는 국은?

2 술꾼이 술 다음으로 좋아하는 것은?

3 술은 술인데,
놀부가 가장 좋아하는 술은?

4 술은 술인데,
마시지 않아도 취하는 술은?

5 술은 술인데, 못 먹는 술은?

6 술은 술인데, 조종사가
꼭 배워야 할 술은?

정답 1. 미역국 2. 안주 3. 심술 4. 최면술
5. 요술, 마술, 기술 6. 조종술

# 수수께끼 뱅크

1 술은 술인데, 환자가 받는 술은?

2 술 중에서도 가장 좋은 술은?

3 술집에서 술값 내기 싫어 추는 춤은?

4 술 취한 무는?

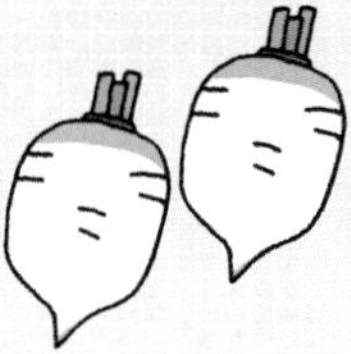

5 숨을 못 쉬는 공기는?

6 숫자 4개와 부호를 써서 100을 만들려면?

정답 1. 수술 2. 공짜술 3. 주춤주춤 4. 홍당무 5. 밥공기 6. 99+9/9

# 수수께끼 뱅크

1 숲 속에서 커다란 모자를 쓰고 있는 것은?

2 스님들은 절대 걸리지 않는 병은?

3 스님이 절에서 쓰는 모자는?

4 시간을 멈추게 하는 네모난 종이는?

5 시끄럽게 우는데 노래한다고 하는 것은?

6 시내에서 주름잡는 사람은?

정답 1. 버섯 2. 탈모증 3. 중절모
4. 사진 5. 매미 6. 세탁소 주인

# 수수께끼 뱅크

1 시원하지도 않으면서
요란한 바람은?

2 시속 200km로 달리는 자동차가
마지막으로 가는 곳은?

3 시주를 받으러 다니는 스님을
무슨 중이라고 할까?

4 신경통 환자가
즐겨 연주하는 악기는?

5 신이 존재하기에 먹고사는 사람은?

6 신이 존재하기에
편안히 살 수 있는 것은?

**정답** 1. 치맛바람 2. 경찰서 3. 영업 중
4. 비올라 5. 신발 장수 6. 발

# 수수께끼 뱅크

1 실수로 남의 발을 밟았을 때 하는, '다'로 끝나는 다섯 글자로 된 인사는?

2 실업자와 실업가의 차이점은?

3 실업자의 마지막 카드는?

4 실없는 사람에게 있으나마나 한 것은?

5 실은 실인데, 뜨끈뜨끈한 실은?

6 실패하면 살고 성공하면 죽는 것은?

**정답** 1. 이걸 어쩐다 2. 한 자 차이('자'와 '가') 3. 복권 4. 바늘 5. 온실 6. 자살

# 수수께끼 뱅크

1 심어도 싹이 나지 않는 씨는?

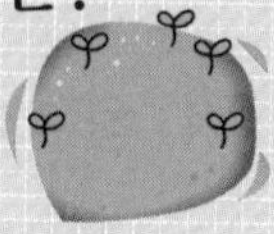

2 싸우려면 먼저 뭉쳐야 하는 싸움은?

3 썩어야 먹는 것은?

4 쓰면 쓸수록 좋아지는 것은?

5 씨를 뿌리지 않아도 스스로 자라는 것은?

6 씨암탉의 천적은?

**정답** 1. 솜씨 또는 마음씨 2. 눈싸움 3. 메주 4. 머리 5. 머리카락 6. 사위

more 모아 수수께끼

# 전철역 이름

1. 친구 따라 가는 역은?

2. 스포츠 경기를 할 때마다 바빠지는 역은?

3. 매번 새로운 영화를 볼 수 있는 역은?

4. 불장난하다가 사고 친 역은?

5. 서울에서 가장 긴 전철역은?

6. 새벽부터 물통을 들고 향하는 역은?

7. 공자, 맹자 등 성인들이 사는 역은?

8. 수도꼭지에서 석유가 나오는 역은?

9. 양치기 소년이 사는 역은?

10. 실수로 자주 내리는 역은?

**정답** 1. 강남역 2. 중계역 3. 개봉역 4. 방화역 5. 길음역 6. 약수역 7. 군자역 8. 중동역 9. 목동역 10. 오류역

11. 아기 공룡 둘리가 싫어하는 역은?

12. 어떤 여자라도 환영하는 역은?

13. 역 3개가 함께 있는 역은?

14. 젖먹이 아기들이 가장 좋아하는 역은?

15. 컵라면 먹으려는 사람들이
물 받으러 가는 역은?

16. 타고 있으면 다리가 저린 역은?

17. 가장 싸게 지은 역은?

18. 23.5도 기울어져 있는 역은?

19. 장사하는 사람들이 좋아하는 역은?

20. 숙녀가 가장 좋아하는 역은?

정답 11. 길동역 12. 남성역 13. 역삼역 14. 수유역 15. 온수역 16. 오금역
17. 일원역 18. 지축역 19. 이문역 20. 신사역

## more 모아 수수께끼

21. 건망증이 심한 사람들이 가는 역은?

22. 분쟁이 있을 때 노사 간에 만나야 하는 역은?

23. 길 잃은 아이들이 모여 있는 역은?

24. 이산가족의 꿈이 이루어지는 역은?

25. 마라톤 선수들이 가장 좋아하는 역은?

26. 양력 설을 쇠는 역은?

27. 오목을 가르치는 역은?

28. 죽은 이들을 기리기 위해 지은 역은?

29. 일이 산더미처럼 쌓여 있는 역은?

30. 학생들이 가장 좋아하는 역은?

**정답** 21. 아차산역 22. 대화역 23. 미아역 24. 상봉역 25. 월계역 26. 신정역 27. 오목교역 28. 사당역 29. 일산역 30. 방학역

31. 짐을 속속들이 검사하는 역은?

32. 옷을 다릴 수 있는 다리미를
놓아두는 역은?

33. 대학도 아닌 것이 대학인 척하는 역은?

34. 앞에 구정물이 흐르는 역은?

35. 악마들이 가장 싫어하는 역은?

**정답** 31. 수색역 32. 대림역 33. 낙성대역 34. 압구정역 35. 성수역

# 알쏭달쏭 수수께끼 퍼즐

| | | | | |
|---|---|---|---|---|
| | | ① | | |
| | | ② | ③ | |
| | | | ④ | |
| ⑤ | | ⑥ | | |
| | | | | |

## [가로열쇠]

② 개는 개인데, 하늘을 나는 개는
④ 어릴 때는 기고, 어른이 되면 나는 것은
⑤ 다리가 있어도 걷지 못하는 것은

## [세로열쇠]

① 외나무 끝에 솔밭이 있는 것은
③ 봄에 노란 저고리를 입고 오는 나리는
⑤ 개 중에서 제일 큰 개는
⑥ 사람과 개에게는 있어도 뱀에게는 없는 것은

# ㅇ

# ㅈ

# 수수께끼 뱅크

1 아기가 싼 똥의 성(姓)은?

2 아기는 기고 엄마는 나는 것은?

3 아기를 앞에 안고 뛰는 것은?

4 아래로는 못 가고
위로만 올라가는 것은?

5 아래로 먹으면
위로 연기가 나는 것은?

6 아무것도 먹지 못하는 사람은?

**정답** 1. 응(응가) 2. 나비 3. 캥거루
4. 연기 또는 김 5. 굴뚝 6. 눈사람

# 수수께끼 뱅크

1 아무리 가도 결국 제자리를 맴도는 것은?

2 아무리 급해도 허리를 매어서 못 쓰는 것은?

3 아무리 나누어 주어도 줄어들지 않는 것은?

4 아무리 늦어도 빠르다고 하는 것은?

5 아무리 따라다녀도 방에는 못 들어가는 것은?

6 아무리 뚱뚱한 사람도 뼈만 나오는 사진은?

**정답** *1.* 쳇바퀴 또는 물레방아 *2.* 바늘 *3.* 지식 *4.* 죽음 *5.* 신발 *6.* 엑스선 사진

# 수수께끼 뱅크

1 아무리 많이 마셔도
탈 나지 않는 것은?

2 아무리 많이 모여도
하나가 되는 것은?

3 아무리 멀리 가도 가까운 사람은?

4 아무리 버스가 만원이라도
늘 앉아서 가는 사람은?

5 아무리 빨리 달려도 바로 앞의
차를 앞지를 수 없는 차는?

6 아무리 빨리 돌아도
제자리에서만 도는 것은?

정답 1. 공기 2. 물 3. 친척
4. 운전기사 5. 열차 6. 팽이

# 수수께끼 뱅크

1 아무리 예뻐도 미녀가
될 수 없는 사람은?

2 아무리 찔러도
피 한 방울 안 나오는 사람은?

3 아무리 차도 튀지 않는 공은?

4 아무리 추워도
등 따뜻하고 배부른 사람은?

5 아무리 훌륭한 사람이라도 모자를
벗지 않을 수 없는 곳은?

6 아무 신도 믿지 않는 사람이
유일하게 믿는 신은?

**정답** *1.* 미남 *2.* 마네킹 *3.* 허공 *4.* 애 업은 임산부 *5.* 이발소 또는 미용실 *6.* 자기 자신

# 수수께끼 뱅크

1 아무 죄도 짓지 않았는데
두 손을 싹싹 비는 것은?

2 아버지의 아버지의 사돈의 외동딸은?

3 아수라 백작의 아들 이름은?

4 아주 오래전에 지은 다리는?

5 아침마다 인사 받는 것은?

6 아침에는 짐을 내리고
저녁에는 짐을 지는 것은?

정답 1. 파리 2. 어머니 3. 아수라장
4. 구닥다리 5. 세숫대야 6. 옷걸이

# 수수께끼 뱅크

1 아침에는 활짝 피고
저녁에는 오므라드는 꽃은?

2 아프지도 않은데
매일 병원에 가는 사람은?

3 아프지 말라고
엉덩이 때리는 사람은?

4 안 도는 것 같은데 돈다고 하는 것은?

5 안 먹으려고 해도
해마다 먹어야 하는 것은?

6 앉을 수도 누울 수도 없는 자리는?

**정답** 1. 나팔꽃, 호박꽃 2. 의사, 간호사
3. 간호사 4. 지구 5. 나이 6. 고추잠자리

# 수수께끼 뱅크

1 알 낳고 동네방네 알리는 것은?

2 알은 알인데, 날아가는 알은?

3 알파벳은 모두 몇 자일까?

4 앞과 뒤가 똑같은 새는?

5 앞과 뒤를 바꾸면 비굴해지는 생선은?

6 앞에서 보나 뒤에서 보나 똑같은 날은?

정답 1. 닭 2. 총알 3. 3자
4. 기러기 5. 굴비 6. 일요일

# 수수께끼 뱅크

1 앞으로 나가면 지고
뒤로 물러서면 이기는 것은?

2 앞을 내다보는 능력을 가진 벌레는?

3 앞을 막아야 잘 보이는 것은?

4 앞이나 옆으로는 가도
뒤로는 절대 못 가는 것은?

5 애국가에 나오는 산의 개수는?

6 야구 선수들이
가장 싫어하는 책은?

**정답** 1. 줄다리기 2. 무당벌레 3. 안경
4. 장기의 졸 5. 3(백두산, 남산, 화려강산) 6. 실책

## 연예인 이름

1. 제일 잠이 많은 가수는?

2. 사생활이 가장 깨끗한 가수는?

3. 투수가 싫어하는 가수는?

4. 어부들이 가장 싫어하는 가수는?

5. 소방관이 가장 싫어하는 가수는?

6. 청바지를 가지고 있는 여자 배우는?

7. 탤런트 김현주의 옆집에 사는 남자는?

8. 탤런트 최지우가 기르는 개 이름은?

9. '너는 시골에 산다'를 세 글자로 표현하면?

**정답** 1. 이미자 2. 노사연 3. 강타 4. 배철수 5. 김국환('타타타'라는 노래를 부른 가수) 6. 소유진 7. 현주엽 8. 지우개 9. 유인촌

10. 눈과 구름을 자르는 칼은?

11. 원더걸스가 제일 즐겨 먹는 쌀은?

12. 소녀시대가 가장 좋아하는 보석 가게는?

13. 소녀시대가 타고 다니는 차는?

14. 월드스타 비를 누른 그룹은?

15. 가수 비가 덮는 이불은?

16. '가수 비가 LA에 간다'를 4글자로 줄이면?

17. 샤이니가 사는 동네는?

18. 빅뱅 멤버 태양만 따라다니는 기자는?

**정답** *10.* 설운도 *11.* 텔미 *12.* 티파니 *13.* 제시카 *14.* 클릭비 *15.* 컴온요 *16.* LA갈비 *17.* 링딩동 *18.* 해리포터

# 수수께끼 뱅크

1 약은 약인데, 먹으면 죽는 약은?

2 약은 약인데, 못 먹는 약은?

3 약은 약인데,
잘못 건드리면 위험한 약은?

4 약을 마시고 사람을 푹 찌르는 것은?

5 양심 있는 사람이나 양심 없는
사람이나 모두 시커먼 것은?

6 양파를 까면 나오는 것은?

정답 1. 독약 2. 치약 3. 화약
4. 주사기 5. 그림자 6. 눈물

# 수수께끼 뱅크

1 어두운 굴속에 들어가
흙 파 오는 주걱은?

2 어둠 속에서도 빛을 낼 수 있는 힘은?

3 어른은 탈 수 없고
아이만 탈 수 있는 차는?

4 어린놈이 버릇없이 수염을
기른 것은?

5 어린아이가 배워도 되는 술은?

6 어릴 때는 꼬리로 헤엄치고,
커서는 다리로 헤엄치는 것은?

**정답** 1. 귀이개 2. 초능력 3. 유모차
4. 염소 5. 무술 6. 개구리

# 수수께끼 뱅크

1 어릴 때는 울지 않다가
어른이 되어서야 우는 것은?

2 어머니는 한 명인데
아버지는 둘인 아이는?

3 언제나 같은 소리로만 우는 것은?

4 언제나 말다툼만 하는 곳은?

5 언제나 머리 풀고 서 있는 것은?

6 언제나 새 옷만 입는 것은?

**정답** 1. 개구리 2. 두부 한 모 – 2 부(父), 1 모(母)
3. 전화벨 4. 경마장 5. 수양버들 6. 마네킹

# 수수께끼 뱅크

1 언제나 외상으로
먹을 수 있는 것은?

2 언제나 위로 흘러가는 것은?

3 얼굴은 매우 예쁜데
속이 텅 빈 여자는?

4 얼굴은 여섯 개이고, 눈은 스물한
개인데 시도 때도 없이 뒹구는 것은?

5 얼른 보면 보름달, 쪼개 보면 반달,
먹고 나면 그믐달인 것은?

6 얼음이 녹으면 물이 된다.
눈이 녹으면?

정답 1. 밥(혼자 밥상 받는 것을 외상이라 하니까)
2. 음식물 3. 마네킹 4. 주사위 5. 귤 6. 봄

# 수수께끼 뱅크

1 얼음이 얼어 있어야 찧는 방아는?

2 엄마가 일어나면
아빠는 책 보는 곳은?

3 엄마에게 매일 찾아오는 거지는?

4 엉덩이가 뚱뚱한 사람은?

5 엎어 놓아도 말똥말똥,
바로 놓아도 말똥말똥한 것은?

6 에스키모가 타고 다니는 차는?

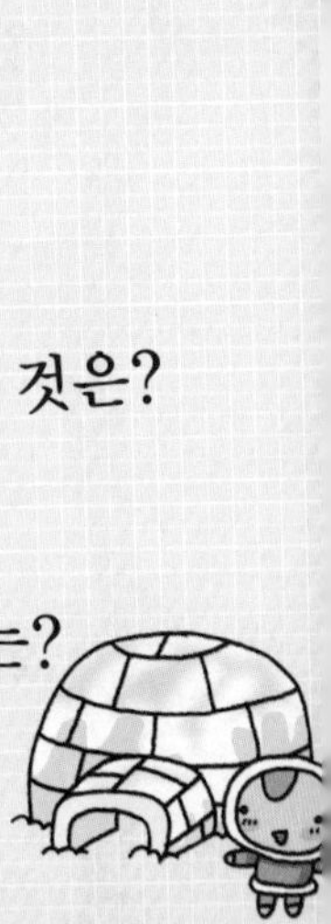

정답 1. 엉덩방아 2. 노래방 3. 설거지
4. 엉뚱한 사람 5. 말똥 6. 알래스카

# 수수께끼 뱅크

1 A 젖소와 B 젖소가 싸움을 했는데 B 젖소가 이겼다. 그 이유는?

2 엘리베이터는 무슨 힘으로 움직이나?

3 여름에는 나지 않고, 겨울에만 나는 김은?

4 여름에는 옷을 입고, 겨울에는 오히려 옷을 벗는 것은?

5 여름에도 찬바람 부는 것은?

6 여름에 생선 장수들이 가장 많이 잡는 것은?

정답 1. A 젖소 – 에이 졌소, B 젖소 – 삐졌소? 2. 스위치 3. 입김 4. 나무 5. 에어컨 6. 파리

# 수수께끼 뱅크

1 여름에 아무리 먹어도 배부르지 않은 것은?

2 여름을 가장 시원하게 보내는 사람은?

3 여름이나 겨울이나 한결같이 겨울인 것은?

4 여우가 가장 싫어하는 여자는?

5 여자는 없는데 남자는 아래쪽에 하나 달고 있는 것은?

6 여자들이 좋아하는 술은?

정답 1. 더위 2. 바람난 사람 3. 냉장고
4. 여우 목도리 한 여자 5. ㅁ 받침 6. 화장술

# 수수께끼 뱅크

1 여자들이 항상 손질하는 톱은?

2 여자만 갖는 권리는?

3 여자만 먹는 국은?

4 여자만 사는 곳은?

5 여자만 사는 섬은?

6 여자만 자는 곳은?

정답 1. 손톱 2. 여권(passport) 3. 여탕
4. 여관 5. 여의도 6. 여인숙

## more 모아 수수께끼

# 물은 물인데~

1. 물은 물인데, 사람들이 좋아하는 물은?

2. 물은 물인데, 사람들이 무서워하는 물은?

3. 물은 물인데, 정직한 사람들이 싫어하는 물은?

4. 물은 물인데, 물고기가 무서워하는 물은?

5. 물은 물인데, 오래된 물은?

6. 물은 물인데, 만지는 물은?

7. 물은 물인데, 망설이며 먹는 물은?

8. 물은 물인데, 잘 보이지 않는 물은?

9. 물은 물인데, 힘 없는 물은?

**정답** 1. 선물 2. 괴물 3. 뇌물 4. 그물 5. 고물 6. 주물주물 7. 우물쭈물 8. 가물가물 9. 흐물흐물

# 소는 소인데~

1. 소는 소인데, 집집마다 키우는 소는?

2. 소는 소인데, 날아다니는 소는?

3. 소는 소인데, 일을 못 하는 소는?

4. 소는 소인데, 웃는 소는?

5. 소는 소인데, 잠자는 소는?

6. 소는 소인데,
도무지 어떤 소인지 알 수 없는 소는?

7. 소는 소인데, 처음 만난 소는?

8. 일하는 소들 가운데 혼자서 재롱떠는 소는?

9. 소가 가장 무서워하는 말은?

**정답** 1. 변소 2. 장수하늘소 3. 염소 4. 미소 5. 주무소 6. 모르겠소 7. 반갑소 8. 깜찍이 소다 9. 소피 보러 간다

# 수수께끼 뱅크

1 여자 없이 못 사는 사람은?

2 여자와 아이의 얼굴에는 없는데 남자의 얼굴에만 있는 것은?

3 여행을 하다가 돈이 떨어졌다. 어떻게 하면 될까?

4 연기 없이 날아다니는 불은?

5 연인끼리 보트를 타다 물에 빠졌다. 남자는 가라앉아 죽었고, 여자는 위로 떠올라서 살았다. 그 이유는?

6 열 개에는 한 개, 백 개에는 두 개, 천 개에는 세 개 있는 것은?

정답 1. 산부인과 의사 2. 수염 3. 떨어진 돈을 줍는다 4. 반딧불 5. 남자 – 돌대가리, 여자 – 골빈 여자 6. 0(10, 100, 1000)

## 수수께끼 뱅크

1 열 번을 하든 백 번을 하든 하나밖에 안 되는 것은?

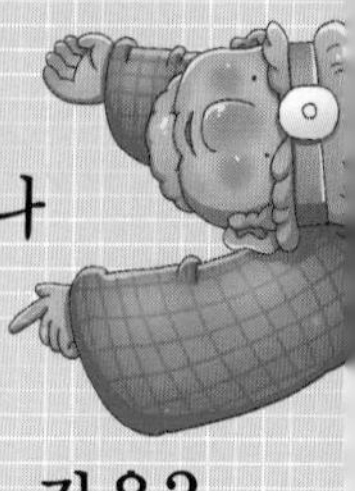

2 열 사람의 의사가 있어도 언제나 한 의사라고 하는 것은?

3 열심히 모아서 결국 버리는 것은?

4 열에서 하나를 먹으면 아홉이 아니라 열하나가 되는 것은?

5 열 집 가운데 두 집이 이사 가면 몇 집이 남을까?

6 엿장수가 가장 싫어하는 쇠는?

**정답** 1. 한숨 2. 한의사 3. 쓰레기 4. 나이
5. 열 집(이사 가도 집은 그대로 있으니까) 6. 구두쇠

# 수수께끼 뱅크

1 엿장수는 하루에 몇 번이나 가위질을 할까?

2 0과 1 사이에 적당한 기호를 넣어 0보다는 크고 1보다는 작은 수를 만들어 보아라.

3 영등포역은 영등포구로 들어간다. 그럼 서울역은 어디로 들어갈까?

4 영원히 지지 않는 꽃은?

5 0으로 시작해서 0으로 끝나는 것은?

6 옆으로는 다녀도 앞뒤로는 못 가는 것은?

정답 1. 엿장수 마음대로 2. 0과 1 사이에 점을 찍어 0.1을 만든다 3. 개찰구 4. 조화 5. 인생 6. 게

# 수수께끼 뱅크

1 예의 바른 사람들이 사는 동네는?

2 오뎅을 다섯 자로 늘이면?

3 오락실을 지키는 용 두 마리는?

4 오로지 때리기 위해서 이 세상에 태어난 것은?

5 오로지 자기 혼자만 갈 수 있는 나라는?

6 오르면 오를수록 나쁜 것은?

**정답** 1. 인사동 2. 텐텐텐텐텐 3. 일인용과 이인용 4. 방망이 5. 꿈나라 6. 물가

## 수수께끼 뱅크

1 오르면 오를수록 좋은 것은?

2 오른손으로 절대 들 수 없는 것은?

3 오리는 오리인데, 날지도 못하는 것이 행패만 부리는 오리는?

4 오리의 방석은?

5 오줌을 잘 싸는 사람은 오줌싸개, 그럼 빨리 싸는 사람은?

6 온 세상을 한꺼번에 덮을 수 있는 것은?

**정답** 1. 월급 2. 오른손 3. 탐관오리 4. 물 5. 잽싸개(잽싸게) 6. 눈꺼풀

# 수수께끼 뱅크

1 올챙이는 알을 낳을까,
새끼를 낳을까?

2 옷을 벗을 때마다
눈물 흘리게 하는 것은?

3 옮길수록 커지는 것은?

4 옷 벗기고, 털 뽑고, 살은 먹고,
뼈는 버리는 것은?

5 옷을 벗지 않으면
아무것도 할 수 없는 곳은?

6 왕의 딸이 사는 도시는?

**정답** 1. 아무것도 낳지 못한다 2. 양파
3. 소문 4. 옥수수 5. 목욕탕 6. 공주

# 수수께끼 뱅크

1 왕이 먹는 콩을 두 글자로 하면?

2 왕이 타고 다니는 차를 영어로 하면?

3 외식을 가장 많이 하는 사람은?

4 왼쪽 눈으로 보면 오른쪽에 있고 오른쪽 눈으로 보면 왼쪽에 있는 것은?

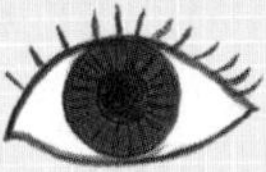

5 요나라는 누구에게 정복되었는가?

6 용 두 마리가 죽을 각오로 싸운다면?

정답 1. 킹콩 2. 킹카 3. 가지
4. 코 5. 이불 6. 용용 죽겠지

# 수수께끼 뱅크

1 우리가 매일 아침마다 만나는 솔은?

2 우리가 매일 아침마다 쓰는 약은?

3 우리나라에서 가장 길이가 짧은 도시는?

4 우리나라에서 가장 높은 역은?

5 우리나라에서 가장 큰 모자를 쓰는 사람은?

6 우리나라에서 도를 통한 사람이 가장 많은 절은?

정답 1. 칫솔 2. 치약 3. 삼척 4. 서울역 (어디에서든지 서울에 가는 길을 올라간다고 하니까) 5. 머리가 가장 큰 사람 6. 통도사

more 모아 수수께끼

## 맨&우먼 시리즈

1. 슈퍼맨이 데리고 다니는 말은?

2. 슈퍼맨이 낳은 아들들은?

3. 슈퍼맨은 왜 팔짱을 낄까?

4. 슈퍼맨의 가슴에 적혀 있는 S는 무엇의 약자인가?

5. 펩시맨이 항상 데리고 다니는 개는?

6. 원더우먼이 낳은 딸들은?

**정답** *1.* 슈퍼마리오 *2.* 슈퍼주니어 *junior는 2세, 즉 아들을 뜻하기도 함. *3.* 주머니가 없어서 *4.* 스판(spandex) *5.* 병따개 *6.* 원더걸스

# 역사 속 인물 시리즈

1. 뼈를 깎는 고통을 제일 먼저 겪은 인물은?

2. 나폴레옹이 싫어하는 무덤의 이름은?

3. 나폴레옹은 왜 알프스 산맥을 넘었을까?

4. 인정을 많이 베풀기로 유명한 중국의 학자는?

5. 여행을 할 땐 돈이 필요하다고 말한 중국의 학자는?

6. 수학을 가장 잘하는 우리나라 사람은?

7. 역사적으로 가장 소문이 많이 난 우리나라 장수는?

8. 세종 대왕이 새로 가진 직업은?

**정답** 1. 아담 2. 불가능 3. 터널이 없어서 4. 주자 5. 노자 6. 연산군 7. 연개소문 8. 조폐 공사 전속 모델

# 수수께끼 뱅크

1 우리 모두의 고향은?

2 우리 몸에는 목이 몇 개나 있을까?

3 우선 찢어야 읽을 수 있는 것은?

4 우유를 여섯 자로 늘여서 말하면?

5 운전사가 싫어하는 춤은?

6 운전사가 타지 않아도 굴러가는 차는?

**정답** 1. 어머니 뱃속 2. 7개(목, 손목 2, 발목 2, 눈(目) 2) 3. 편지(편지 봉투를 찢어야 하니까) 4. 송아지 쭈쭈바 5. 우선멈춤 6. 유모차

# 수수께끼 뱅크

1 울고 있는데
노래한다고 하는 것은?

2 월급쟁이가 가장 좋아하는 일은?

3 위로 자라지 않고
아래로 자라는 것은?

4 윗사람에게 아부 잘하는
사람이 믿는 신은?

5 유부녀만 좋아하는 남자는?

6 유식한 도둑과
무식한 도둑의 차이는?

**정답** *1.* 매미 *2.* 휴일 *3.* 고드름 *4.* 굽신굽신 *5.* 산부인과 의사
*6.* 유식한 도둑–손 들고 꼼짝 마. 무식한 도둑–꼼짝 말고 손 들어.

# 수수께끼 뱅크

1 육지에 사는 고래는?

2 음력 설날에 사용하는 물은?

3 음매음매 우는 나무는?

4 음악가가 가장 좋아하는 꽃은?

5 이 가운데 가장 나중에 나는 이는?

6 이곳에 있을 때는 시간이 돈이다. 어디일까?

정답 1. 물고래 2. 구정물 3. 소나무 4. 나팔꽃 5. 틀니 6. 택시

# 수수께끼 뱅크

1 2 더하기 2는?

2 이메일 주소에 꼭 끼는 생물은?

3 2 빼기 2는?

4 이 세계가 흔들리면 어디로 가야 할까?

5 이 세상에서 가장 힘든 일은?

6 20도의 소주 3병과 40도의 양주 2병을 섞어 마셨다면 몇 도일까?

**정답** 1. 덧니 2. 골뱅이 3. 합죽이 4. 치과 5. 칼로 물 베기 6. 졸도

# 수수께끼 뱅크

1 28일이 있는 달은 1년에 몇 달이나 될까?

2 이제 막 태어난 병아리가 찾는 약은?

3 이혼의 근본적인 원인은?

4 인삼은 6년 근일 때 캐는 것이 가장 좋다. 그럼 산삼은 언제 캐는 것이 좋을까?

5 1년 중 달이 둥근 날은 며칠이나 될까?

6 인체에서 상황에 따라 평소의 6배까지 팽창할 수 있는 곳은?

**정답** 1. 열두 달 2. 삐약(삐약) 3. 결혼 4. 보는 즉시
5. 365일(달은 원래 둥글다) 6. 동공

# 수수께끼 뱅크

1 일곱 개의 얼굴을 가진 새는?

2 일단 무릎을 꿇어야
할 수 있는 경기는?

3 일단은 외울 필요가 없는 것은?

4 1 더하기 1은?

5 일어서면 볼 수 없고
앉아야만 보이는 것은?

6 일을 하면 할수록
키가 작아지는 것은?

정답 1. 칠면조 2. 씨름 3. 구구단 4. 노동 5. 발바닥 6. 연필

# 수수께끼 뱅크

1 일주일에 한 번씩
빨간 옷을 입는 것은?

2 읽을 수는 없고
부릴 수만 있는 책은?

3 임꺽정이 타고 다니는 차는?

4 임신을 반대하는 사람들이
타는 차는?

5 입방아를 찧어 만드는 떡은?

6 입은 하나인데
똥구멍은 여러 개인 것은?

**정답** 1. 달력 2. 주책 3. 으라차차
4. 아반테 5. 쑥떡쑥떡 6. 떡시루

# 펭귄 시리즈

1. 펭귄이 사는 바다는?

2. 펭귄이 사는 숲은?

3. 펭귄이 좋아하는 남자는?

4. 펭귄이 싫어하는 개는?

5. 펭귄이 다니는 중학교는?

6. 펭귄이 다니는 고등학교는?

7. 펭귄이 다니는 대학교는?

**정답** *1.* 썰렁해 *2.* 아이스크림 *3.* 아이스맨 *4.* 핫도그 *5.* 냉동 중
*6.* 냉장고 *7.* 빙하 시대

# 수수께끼 뱅크

1 자기가 말하고도 전혀 모르는 것은?

2 자기 것인데 남이 더 많이 사용하는 것은?

3 자기 것인데도 직접 볼 수 없는 것은?

4 자기는 도시락 싸 가지고 다니면서 다른 사람들이 가지고 다니면 싫어하는 사람은?

5 자기만 옳다는 사람들이 모여 사는 집은?

6 자기 장인과 매부의 장인 중 누가 더 소중한가?

정답 1. 잠꼬대 2. 이름 3. 얼굴 4. 도시락 장수
5. 고집 6. 매부의 장인(자기 아버지니까)

# 수수께끼 뱅크

1 자기 전에 무슨 일이 있어도 꼭 해야 하는 일은?

2 자기 집을 업고 이사 다니는 것은?

3 자는 자인데, 늘 까만 자는?

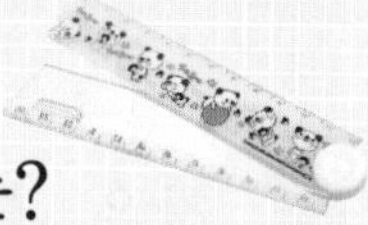

4 자는 자인데, 먹는 자는?

5 자동차를 운전하는 이들이 가장 무서워하는 사람은?

6 자루는 자루인데, 아무것도 담지 못하는 자루는?

정답 1. 눈 감는 일 2. 달팽이 3. 그림자
4. 과자 5. 길에서 노는 아이 6. 빗자루

# 수수께끼 뱅크

1 자리는 자리인데,
깔지 못하는 자리는?

2 자전거를 타고 가다가 낭떠러지에 있는 나뭇가지에 걸렸다. 그 밑에 싼 4가지 똥은?

3 작아도 크다고 하는 나무는?

4 작은 녀석들이 큰 녀석을 계속 때리는 것은?

5 잘못도 없는데 매일 발로 차이는 것은?

6 잘못한 것이 없으면서도 계속 용서를 비는 나무는?

**정답** 1. 꿈자리 2. 떨어질똥 말똥 죽을똥 살똥
3. 대나무 4. 다듬이질 5. 축구공 6. 사과나무

# 수수께끼 뱅크

1 잘못했을 때 먹는 과일은?

2 잘 터질수록 좋은 것은?

3 잠도 자지 않고
언제나 지켜보고 있는 것은?

4 잠을 자야만 갈 수 있는 나라는?

5 잡아도 잡아도 잡히지 않는 자는?

6 장님과 귀머거리가 싸우면
누가 이길까?

정답 1. 사과 2. 휴대폰 3. 사진 4. 꿈나라
5. 그림자 6. 장님(눈에 뵈는 게 없어서)

# 수수께끼 뱅크

1 장사꾼들이 하나같이 싫어하는 경기는?

2 장사꾼보다 농부가 더 잘 팔 수 있는 것은?

3 장은 장인데, 못 먹는 장은?

4 재벌 2세가 되는 방법은?

5 재수 없는데 재수 있다고 하는 사람은?

6 재수 없으면 받게 되는 수술은?

**정답** 1. 불경기 2. 땅 3. 송장, 책장, 신발장
4. 아버지를 재벌로 만든다 5. 재수생 6. 재수술

# 수수께끼 뱅크

1 재주가 아무리 좋아도
낮이 아니면 할 수 없는 것은?

2 재주를 넘고 배를 채우는 것은?

3 저금을 많이 하는 사람들이
좋아하는 나무는?

4 저 마을에서 이 마을로
편지 오는 것은?

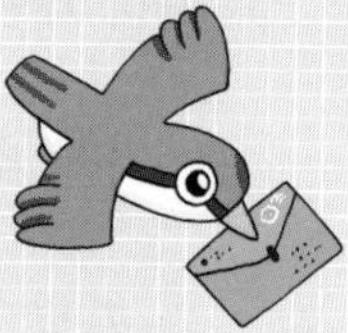

5 저절로 가는 사람은?

6 적은 적인데,
가장 짧은 시간에 생긴 적은?

정답 1. 낮잠 2. 두레박 3. 은행나무
4. 낙엽 5. 스님 6. 순간적

# more 모아 수수께끼

## 가장 추운~

1. 가장 추운 여학생은?

2. 가장 추운 남학생은?

3. 가장 추운 아줌마는?

4. 가장 추운 당신은?

5. 가장 추운 고등학교는?

6. 가장 추운 대학교는?

7. 가장 추운 농담은?

8. 가장 추운 날은?

9. 가장 추운 냄새는?

10. 가장 추운 거리는?



**정답** *1.* 추운걸 *2.* 춥군 *3.* 춥네 *4.* 추워유 *5.* 추운고 *6.* 춥대 *7.* 춥지롱 *8.* 춥데이 *9.* 춥구려 *10.* 춥당께로

11. 가장 추운 노래는?

12. 가장 추운 과일은?

13. 가장 추운 책은?

14. 가장 추운 숫자는?

15. 가장 추운 친구는?

16. 가장 추운 신발은?

17. 가장 춥고 큰 머리는?

18. 가장 추운 집은?

19. 가장 추운 섬은?

20. 가장 추운 러시아 여자는?

**정답** *11.* 추운가요 *12.* 추운감 *13.* 추워서 *14.* 춥구만 *15.* 춥다우 *16.* 추워보슈 *17.* 춥대두 *18.* 추운가 *19.* 춥지만서도 *20.* 추울쏘냐

# 수수께끼 뱅크

1 전투 중인 장군이 가장 받고 싶어 하는 복은?

2 전혀 들지 않는 칼은?

3 절대 울면 안 되는 날은?

4 절벽에서 떨어지다가 나무에 걸려 살아난 사람을 뭐라고 할까?

5 절은 절인데, 소란스럽고 도무지 가만있지 못하는 절은?

6 젊어도 늙어도 항상 허리가 굽어 있는 것은?

정답 1. 항복 2. 머리칼 3. 중국집 쉬는 날
4. 덜떨어진 사람 5. 안절부절 6. 새우

# 수수께끼 뱅크

1 젊었을 때는 푸르고 늙으면
노랗게 되어 바삭바삭해지는 것은?

2 점원 아가씨와 총각 손님 사이에
오가는 정은?

3 정말 문제투성이인 것은?

4 정원이 100명인 배에 50명이 탔는데
배가 가라앉았다. 그 이유는?

5 정직한 사람들도 좋아하는 물은?

6 정직한 사람들이 싫어하는 신은?

**정답** 1. 나뭇잎 2. 홍정 3. 시험지
4. 잠수정이었다 5. 선물 6. 배신

# 수수께끼 뱅크

1 젖소와 강아지가 싸우면
누가 이길까?

2 젖은 옷을 좋아하고
마른 옷은 금방 벗어 버리는 것은?

3 제아무리 천하장사라도
들 수 없는 무거운 풀은?

4 조물주가 사람을 진흙으로
빚었다는 증거는?

5 주먹으로 모든 것을 해결하려는
사람을 이기는 방법은?

6 죽기 전에는 계속 가야만 하는 것은?

**정답** *1.* 강아지 (젖소는 졌소, 강아지는 강하지?) *2.* 빨랫줄
*3.* 눈꺼풀 *4.* 열 받으면 굳어진다 *5.* 보를 낸다 *6.* 시계

# 수수께끼 뱅크

1 죽었다 깨어나도 못하는 일은?

2 죽은 죽인데, 먹지 못하는 죽은?

3 '죽이다'의 반대말은?

4 중학생과 고등학생이
정답게 타는 차는?

5 지렁이가 밟으면 꿈틀하는 이유는?

6 진짜 살맛 난다는 사람은?

**정답** 1. 죽었다 깨어나는 일 2. 뒤죽박죽 3. 밥이다
4. 중고차 5. 아프니까 6. 식인종

# 수수께끼 뱅크

1 진짜 새의 이름은?

2 진짜 깨끗한 친구는 어디서 사귈까?

3 집배원이 가장 싫어하는 노래는?

4 집에다 집을 지은 것은?

5 집에서는 절대 먹지 못하는 점심은?

6 찌르고 돈 받는 곳은?

정답 1. 참새 2. 목욕탕 3. 번지 없는 주막
4. 제비집 5. 급식 6. 병원

more 모아 수수께끼

## 죽음 시리즈

1. 길에서 죽으면?

2. 눈에 맞아 죽으면?

3. 밥 먹다가 죽으면?

4. 소금이 죽으면?

5. 아몬드가 죽으면?

6. 아이스크림이 죽으면?

7. 얼음이 죽으면?

8. 옥시크린이 죽으면?

9. 여자가 애 낳다가 죽으면?

**정답** *1.* 도사 *道(길 도)+死(죽을 사) *2.* 설사 *雪(눈 설) *3.* 식사 *食(밥 식) *4.* 죽염 *鹽(소금 염) *5.* 다이아몬드 *die(죽다)+아몬드 *6.* 다이하드 *hard icecream(하드) *7.* 다이빙 *氷(얼음 빙) *8.* 다이옥신 *9.* 다이애나

## 올바른 수식 만들기

영희가 성냥개비 12개로 그림과 같은 수식을 만들었다. 옆에서 지켜보던 오빠가 말했다.
"이런 바보! 3 더하기 2가 어떻게 3이 되냐? 이 오빠가 하는 걸 잘 봐!"
오빠는 성냥개비 한 개를 옮겨 〈2+2=4〉라는 올바른 수식을 만들었다.
그러자 영희가 고개를 저었다.
"아니. 답이 꼭 3이어야 한단 말이야. 성냥개비는 하나만 움직여야 하고."
오빠는 잠깐 고민하더니 올바른 수식을 만들었다. 어떻게 했을까?

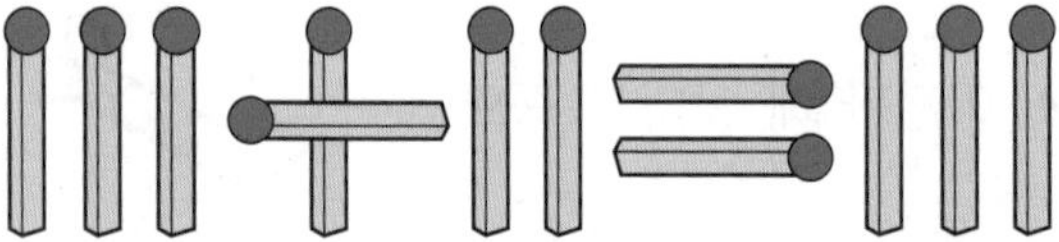

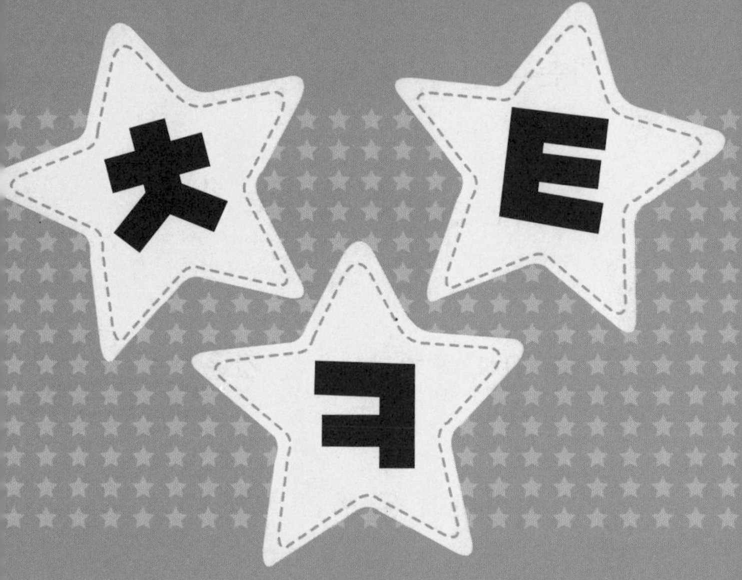
ㅊ
ㅌ
ㅋ

# 수수께끼 뱅크

1 차가우면 일을 못하고 뜨거워야 일을 잘하는 것은?

2 차는 차인데, 못 먹는 차는?

3 차는 차인데, 못 타는 차는?

4 차 위에 모자 하나 쓴 것은?

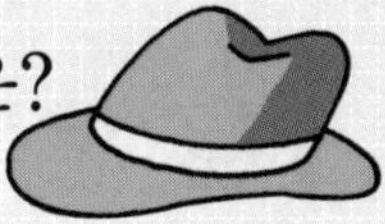

5 착각하며 돈 버는 사람은?

6 참새들이 가장 무서워하는 비는?

정답 1. 다리미 2. 열차, 자동차 3. 마시는 차 4. 택시
5. 사진사(찰칵하고 사진을 찍으며 돈을 번다) 6. 허수아비

# 수수께끼 뱅크

1 창으로 찌르려 할 때 하는 말은?

2 창은 창인데,
내다볼 수 없는 창은?

3 창은 창인데, 못 찌르는 창은?

4 창피한 것도 모르고
체면도 못 차리는 사람의 나이는?

5 책은 책인데, 읽을 수 없는 책은?

6 처녀가 가장 좋아하는 음식은?

**정답** 1. 창피해! 2. 인터넷 검색창 3. 시궁창
4. 네 살(넉살) 5. 주책 6. 총각김치

# 수수께끼 뱅크

1 처녀에게 시집을 구해 주는 고마운 사람은?

2 처는 처인데, 결혼 안 하는 처는?

3 처음도 끝도 없는 것은?

4 처음에는 까맣다가 빨개지고, 나중에는 하얗게 되는 것은?

5 처음엔 네 발, 다음에는 두 발, 나중에는 세 발로 걸어 다니는 것은?

6 천 냥 빚을 말로 갚는 사람은?

**정답** 1. 서점 주인 2. 부처 3. 동그라미 4. 숯
5. 사람(아기일 때는 손과 발로 기고, 자라면 두 발로 걷다가, 노인이 되면 지팡이를 짚고 다니니까) 6. 말 장수

# 수수께끼 뱅크

1 천당에 가기 위해 꼭 해야 하는 일은?

2 천자문의 첫 자와 두번째 자의 차이는?

3 청소를 많이 할수록 작아지는 것은?

4 체육 시간에 피구를 하는데 갑자기 여학생 두 명이 죽었다. 왜 죽었을까?

5 쳐야지 좋은 것은?

6 초가 많이 모이면 무엇이 될까?

**정답** 1. 죽어야 한다 2. 천지 차이 3. 고무지우개
4. 금 밟아서 또는 공에 맞아서 5. 손뼉 6. 분

# 수수께끼 뱅크

1 초는 초인데, 못 켜는 초는?

2 총은 총인데, 못 쏘는 총은?

3 총은 총인데, 받으면 기분 나쁜 총은?

4 총을 쏠 때 한쪽 눈을 감고 쏘는 이유는?

5 추우면 벗고, 더우면 입는 것은?

6 추운 겨울에 미니스커트만 입고 다니는 여자는?

정답 1. 식초 2. 물총 3. 눈총 4. 양쪽 눈을 다 감으면 앞이 안 보이니까 5. 나무 6. 철없는 여자

# 수수께끼 뱅크

1 추울 때 사람들이 많이 찾는 끈은?

2 추울수록 길어지고
더울수록 짧아지는 것은?

3 축구 선수의 웃음소리는?

4 출근 시간에 만원 버스보다
짜증나는 것은?

5 춤을 추면서 뽑아내야
잘 뽑아지는 실은?

6 치고도 못 쳤다고 하는 것은?

**정답** 1. 따끈따끈 2. 밤 3. 킥킥킥 4. 그 만원 버스가 정류장에서 서지 않고 지나치는 것 5. 덩실덩실 6. 못

# 수수께끼 뱅크

1 치면 칠수록 자꾸 우는 것은?

2 칠을 하다 페인트통을 엎질러 페인트를 뒤집어 쓴 사람은?

3 침 뱉으면서 먹어야 하는 떡은?

**정답** 1. 종 2. 칠칠맞은 사람
3. 가래떡

# more 모아 수수께끼

## 사오정 시리즈

1. 사오정이 사는 나라는?

2. 사오정 나라의 국기는?

3. 사오정이 다닌 초등학교는?

4. 사오정이 다닌 중학교는?

5. 사오정이 다닌 고등학교는?

6. 사오정이 다닌 대학교는?

7. 사오정 나라의 바다는?

8. 사오정이 깔고 자는 요는?

9. 사오정이 싫어하는 동물은?

10. 사오정이 좋아하는 아이스크림은?

**정답** *1.* 귀뚜러 나라(귀 뚫어 놔라) *2.* 보청기 *3.* 뭐라는교 *4.* 듣고 있는 중 *5.* 뭐라고 *6.* 뭐라칸대 *7.* 다시 말해 *8.* 뭐라구요 *9.* 뭐라고 했쥐 / 뭐라고 했소 *10.* 다시 말해바

# 수수께끼 뱅크

1 칼 들고 설쳐야 돈 벌 수 있는 사람은?

2 칼로 벨 수 없는 것은?

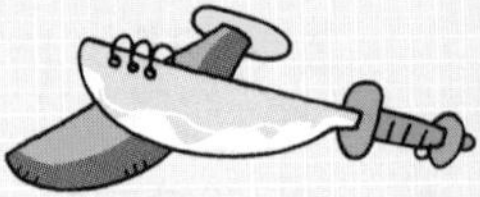

3 칼은 칼인데, 자를 수는 없고 잘리기만 하는 칼은?

4 캄캄할수록 밝은 것은?

5 캄캄해야 잘 보이는 것은?

6 커질수록 가벼워지는 것은?

정답 1. 면도사 2. 물 3. 머리칼
4. 불빛 5. 영화 6. 풍선

# 수수께끼 뱅크

1 커질수록 값이 싸지는 것은?

2 커질수록 땅과 가까워지는 것은?

3 커피잔에는 손잡이가 붙어 있다.
어느 쪽에 붙어 있을까?

4 커피잔에 빠진
파리가 한 말은?

5 코가 크면 덩달아 큰 것은?

6 코로 만든 옷은?

**정답** 1. 물건의 흠 2. 고드름 3. 바깥쪽
4. 쓴맛 단맛 다 보았다 5. 코딱지 6. 뜨개질한 옷

# 수수께끼 뱅크

1. 코미디언이 소재를 찾아 헤매는 거리는?

2. 코에서 나는 피리 소리는?

3. 콜라를 손 안 대고 마시는 방법은?

4. 콩 가운데 가장 큰 콩은?

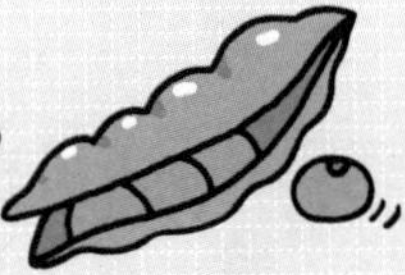

5. 콩은 콩인데, 못 먹는 콩은?

6. 크게 나도 작다고 하는 문은?

**정답** 1. 웃음거리 2. 콧방귀 3. 빨대를 꽂아 마신다 4. 홍콩 5. 베트콩 6. 소문

# 수수께끼 뱅크

1 크기가 한 자 반이나 되는 콩은?

2 큰 것은 들어가도 작은 것은 들어갈 수 없는 것은?

3 큰 바위에 구멍 두 개 뚫린 것은?

4 큰 입으로 먹고 작은 입으로 쏟아 내는 것은?

5 키가 똑같은데도 매일 키를 재는 것은?

정답 1. 콩자반 2. 모기장 3. 코 4. 주전자 5. 젓가락

more 모아 수수께끼

## 한자 서당

1. 모래 장수가 모래 팔 때 소리치는 글자는?

2. 뱀 장수가 뱀 팔 때 소리치는 글자는?

3. 남의 말에 맞장구치는 글자는?

4. 사위보고 가지 말라고 명령하는 글자는?

5. 가까이 있어도 잘 보이지 않는 글자는?

6. 가만히 입 다물라는 글자는?

7. 같이 일하자고 권유하는 글자는?

8. 감기 걸린 글자는?

9. 나방을 부르는 글자는?

10. 고양이가 쥐 쫓을 때 소리치는 글자는?

**정답** *1.* 모래 사(沙) *2.* 뱀 사(巳) *3.* 암 암(癌) *4.* 사위 서(壻) *5.* 가물(가물) 한(旱) *6.* 말 마(馬) *7.* 함께 해(偕) *8.* 기침 해(咳) *9.* 나방 아(蛾) *10.* 쥐 서(鼠)

11. 나쁜 짓을 하고도 또 할까
물어보는 글자는?

12. 양계장 주인들이 하는 계는?

13. 먼지가 풀석풀석 나는 글자는?

14. 미리 광고하고 나오는 글자는?

15. 벌 받을 짓 하고 빌지 않았다가
나중에 후회하는 글자는?

16. 소변을 참다가 누는 글자는?

17. 올 것인지 오지 않을 것인지
물어보는 글자는?

18. 일 저지르고 감당 못하는 글자는?

19. 주막집 주인이 손님에게
신분을 묻는 글자는?

**정답** *11.* 더할 가(加) *12.* 닭 계(鷄) *13.* 풀 석(釋) *14.* 예(옛) 고(古) *15.* 빌 걸(乞) *16.* 비로소 시(始) *17.* 올 래(來) *18.* 어찌 해(奚) *19.* 선비 유(儒)

# more 모아 수수께끼

20. 가장 기분 나쁜 운수를 가리키는 글자는?

21. 책 만드는 재료를 뜻하는 글자는?

22. 누구냐고 물으면 대답하는 글자는?

23. 장사꾼이 흔히 말하는 글자는?

24. 항상 망설이는 글자는?

25. 결혼을 망설이는 글자는?

26. 복덕방 할아버지가 늘 외치는 글자는?

27. 할 일이 끝난 글자는?

28. 소가 외나무다리에 서 있는 한자는?

29. 나무와 나무가 키 자랑하는 한자는?

**정답** *20.* 죽을 운(殞) *21.* 종이 지(紙) *22.* 나 오(吾) *23.* 밑 저(底)
*24.* 갈 지(之= 갈지 말지 망설여서) *25.* 시집갈 가(嫁) *26.* 집 사(舍)
*27.* 다 함(咸) *28.* 날 생(生) *29.* 수풀 림(林)

30. 발로 차기를 좋아하는 글자는?

31. 하늘에 별이 많이 뜬 글자는?

32. 공중에 그물 쳐 놓고
벌레 잡아먹는 글자는?

33. 열 명이 외나무다리를 건너가는 한자는?

34. 세상에서 가장 잠이 많은 글자는?

35. 입속에 입 하나가 더 들어 있는 글자는?

36. 여자가 갓 쓰고 있는 한자는?

37. 남이 부르기도 전에 대답하는 글자는?

38. 해와 달이 함께 떠 있는 글자는?

**정답** 30. 또 차(且) 31. 총 총(銃) 32. 거미 지(蜘) 33. 흙 토(土), 선비 사(士) 34. 더욱 자(滋) 35. 돌아올 회(回) 36. 편안할 안(安) 37. 미리 예(預) 38. 밝을 명(明)

# 수수께끼 뱅크

1 타는 것 중에서 절대로 앞으로 나아가지 않는 것은?

2 타 달라고 애원하는 것은?

3 타면 탈수록 더 떨리는 것은?

4 타자수가 가장 싫어하는 글자는?

5 탈수록 많아지는 것은?

6 탈은 탈인데, 쓰지 못하는 탈은?

정답 1. 엘리베이터 2. 타조 3. 추위 4. 오자 5. 재 6. 배탈

# 수수께끼 뱅크

1 태어나서 죽을 때까지 숫자 공부만 하는 것은?

2 태어나자마자 걸을 수 있는 것은?

3 터지면 터질수록 나쁜 것은?

4 터지면 터질수록 좋은 것은?

5 턱은 턱인데, 움직이지 않는 턱은?

6 텅 비어 있어야 배부르고 꽉 차 있으면 배고픈 것은?

**정답** 1. 시계 2. 망아지, 송아지, 염소
3. 전쟁 4. 복 5. 문턱 6. 도시락

# 수수께끼 뱅크

1 텔레토비가 차린 안경점 이름은?

2 톱은 톱인데, 썰지 못하는 톱은?

3 통은 통인데, 사람들이 싫어하는 통은?

4 통은 통인데, 살찐 통은?

5 틀렸을 때만 쓰는 것은?

정답 1. 아이좋아 2. 손톱, 발톱 3. 고통
4. 오동통 5. 지우개

# 식인종 시리즈

1. 식인종에게 아파트는?

2. 식인종에게 엘리베이터는?

3. 식인종에게 열차는?

4. 식인종에게 승용차는?

5. 식인종에게 병원은?

6. 식인종에게 로봇은?

7. 식인종에게 바비 인형은?

8. 식인종에게 쌍둥이는?

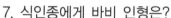

9. 식인종이 반찬 투정할 때 하는 말은?

**정답** *1.* 종합 선물 세트 *2.* 자동판매기 *3.* 김밥 *4.* 통조림 *5.* 불량 식품
*6.* 유사 식품 *7.* 그림의 떡 *보기만 그럴듯하지 먹을 수 없음
*8.* 1 + 1 세일 *원 플러스 원 *9.* 에이, 살맛 안 나

## 도깨비와 혹부리 영감

어스름한 저녁, 혹부리 영감이 숲 속을 걸어가는데 갑자기 도깨비가 나타나 말했다.
"혹부리 영감, 5분짜리 모래시계와 9분짜리 모래시계로 13분을 재어 봐. 정확히 잴 수 있다면 보기 싫은 혹을 뚝 떼어 주지."
혹부리 영감은 고민하기 시작했다.
어떻게 해야 13분을 정확히 잴 수 있을까?

# ㅍ

# ㅎ

# 수수께끼 뱅크

1 파는 파인데, 못 먹는 파는?

2 파란 숲 속에 빨간 집을 지어 놓고
깜둥이들이 사는 것은?

3 파리는 파리인데,
가장 무거운 파리는?

4 파리는 파리인데,
날지 못하는 파리는?

5 파리 중에서 가장 큰 파리는?

6 팔도 다리도 없으면서 모자를 쓰고
꼬리에 털 난 것은?

정답 1. 노파, 쪽파 2. 수박 3. 돌팔이
4. 해파리 5. 프랑스의 파리 6. 도토리

# 수수께끼 뱅크

1 팔은 팔인데, 뒤집어도 팔인 것은?

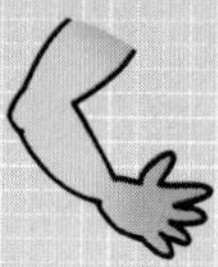

2 팔은 팔인데, 소리 내는 팔은?

3 팔을 반으로 나누면 무엇이 되나?

4 팔을 흔들면 물을 토해 내는 것은?

5 팔이 있고 목이 있어야
먹고사는 사람은?

6 패 중에서 가장 나쁜 패는?

**정답** 1. 숫자 8 2. 나팔 3. 숫자 0, 3
4. 펌프 5. 파리 · 모기약 장수 6. 깡패

# 수수께끼 뱅크

1 평평 울다가 지금은 깔깔대고 웃는 사람을 뭐라고 할까?

2 풀기만 하고 감지 못하는 것은?

3 풀리면 풀릴수록 좋은 것은?

4 풍뎅이 중 가장 오래 사는 풍뎅이는?

5 프랑스에 단 두 대밖에 없는 사형 기구는?

6 피도 눈물도 없는 차디 찬 사람은?

정답 1. 아까운 사람 2. 코 3. 피로 4. 장수풍뎅이 5. 단두대 6. 눈사람

more 모아 수수께끼

# 영어로 대답해 봐

1. 남대문을 영어로 하면?

2. 노루가 다니는 길을 영어로 하면?

3. 누룽지를 영어로 하면?

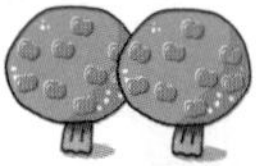

4. 네 그루의 나무를 심으면?

5. 초록 집은 영어로 그린 하우스,
파랑 집은 영어로 블루 하우스.
그럼 투명한 집은?

6. 술에 취해 비틀거리는 사람의
모습을 영어로 표현하면?

**정답** *1.* 지퍼 *남자의 바지 지퍼를 '남대문'이라고도 한다. *2.* 노르웨이 *노루 + way(길) *3.* 바비 브라운 *밥이 brown(갈색) *4.* 포트리스 *four trees(나무 네 그루) *5.* 비닐하우스 *6.* 슬로 비디오 *slow(느리다) + video(영상)–술 취하면 느려지니까

# 수수께끼 뱅크

1 하나가 뛰면 하나가 내려앉고,
하나가 내려앉으면
하나가 뛰는 것은?

2 하나를 여덟이라고
부르는 것은?

3 하느님과 부처님이
가장 싫어하는 비는?

4 하늘과 땅 사이에 있는 것은?

5 하늘과 땅에서
줄다리기를 하는 것은?

6 하늘, 땅, 바다에 있는 물은?

**정답** 1. 널뛰기 2. 팔 3. 사이비 4. 과 5. 연
6. 하늘에 동물(새), 땅에 식물, 바다에 해물(해산물)

# 수수께끼 뱅크

1 하늘로 문이 난 집은?

2 하늘 보고 웃는 것은?

3 하늘 보고 입 벌리는 것은?

4 하늘보다 더 높은 한자는?

5 하늘에는 총이 둘이고
땅에는 침이 둘인 것은?

6 하늘에 달이 없을 때 하는 말은?

**정답** *1.* 돼지우리 *2.* 알밤 벌어지는 것 *3.* 절구 *4.* 지아비 부(夫-하늘을 꿰뚫었으니까) *5.* 별이 총총 어둠 침침 *6.* 날 샜다

# 수수께끼 뱅크

1 하늘에 별이 없다면 어떻게 될까?

2 하늘에 사는 개 네 마리는?

3 하늘에 삿대질하는 것은?

4 하늘에서 떨어지는 똥은?

5 하늘에서 떨어지는 박은?

6 하늘에서 수학 공부하는 것은?

정답 1. 별 볼 일 없다 2. 무지개, 번개, 안개, 솔개
3. 파 4. 별똥, 새똥 5. 우박 6. 기러기(ㅅ자 모양)

# 수수께끼 뱅크

1 하늘에서 연기 없이 불타는 것은?

2 하늘에서 우박이 내려
머리에 맞았을 때 뭐라고 할까?

3 하늘에 주먹질하는 것은?

4 하늘에 해가 없다면 어떻게 될까?

5 하늘의 별 따기보다 어려운 일은?

6 하루만 지나면 헌것이 되는 것은?

**정답** 1. 노을 2. 골 때린다 3. 절굿공이
4. 못 말린다 5. 하늘에 별 달기 6. 신문

# 수수께끼 뱅크

1 하루에 100원씩 100일만 불입하면 1년 뒤에 천만 원을 받을 수 있는 계는?

2 하루에 두세 번씩 목욕하는 것은?

3 하루에 천 리를 가도 지치지 않는 것은?

4 하면 할수록 늘어나는 것은?

5 하얀 접시에 콩 하나 있는 것은?

6 학교에 갈 때마다 멀어지는 것은?

**정답** 1. 황당무계 2. 그릇 3. 꿈속 여행 4. 저금 5. 눈알 6. 집

# 수수께끼 뱅크

1 학교와 핵교의 차이점은?

2 학은 왜 한 발을 들고 서 있을까?

3 학은 학인데, 학생들이 싫어하는 학은?

4 한국에서 키가 제일 큰 사람은 몇 명일까?

5 한국이 낳은 세계 최초의 여성 장군은?

6 한국 최초의 다이빙 선수는?

정답 1. 학교는 다니는 곳, 핵교는 댕기는 곳 2. 두 발을 다 들면 넘어지기 때문에 3. 수학, 과학 4. 한 명 5. 지하여장군 6. 심청

# 수수께끼 뱅크

1 한국 최초의 돌팔이 의사는?

2 한국 최초의 2인조 다이빙 선수는?

3 한 군데로 들어가면
다섯 개의 굴이 있는 것은?

4 한 날 한 시에 나왔는데도
크기가 제각각인 것은?

5 한 번 가면 다시
돌아오지 않는 것은?

6 한 번 먹으면 입을 굳게 봉하는 것은?

**정답** 1. 홍부 2. 논개(임진왜란 때, 왜장을 껴안고 남강에 투신하였던 관기) 3. 장갑 4. 손가락, 발가락 5. 세월 6. 편지 봉투

# 수수께끼 뱅크

1 한 사람만 들어가도 만원인 곳은?

2 한 손으로 달리는 차를 세우는 사람은?

3 한 시간이 넘게 땅을 팠다. 무엇이 나왔을까?

4 한심한 심판보다 5배나 한심한 심판은?

5 할 때는 올라가고 끝나면 내려오는 것은?

6 할머니의 마음을 석 자로 줄이면?

**정답** 1. 화장실 2. 교통경찰 3. 땀
4. 오심한 심판 5. 무대의 막 6. 노파심

# 수수께끼 뱅크

1 할아버지, 아버지, 손자가 대대로 곱사등이인 것은?

2 할아버지와 손자가 길을 걷고 있는데, 저 멀리 산에서 불이 활활 타고 있었다. 그것을 본 손자가 뭐라고 했을까?

3 함은 함인데, 아무것도 넣을 수 없는 함은?

4 항문에 사는 뱀의 이름은?

5 항문에 사는 새의 이름은?

6 항문에 사는 용의 이름은?

정답 1. 새우 2. 산타 할아버지 3. 명함
4. 설사 5. 냄새 6. 똥구뇽

# 수수께끼 뱅크

1 항문의 힘으로 먹고사는 놈은?

2 항상 같은 길을 왔다 갔다 하는 것은?

3 항상 눈 부릅뜨고 성난 모습으로 서 있는 것은?

4 항상 말과 행동이 똑같은 사람은?

5 항상 요주의해야 되는 인물은?

6 해가 있으면 어디든지 따라가는 것은?

**정답** 1. 거미(항문 근처의 방적 돌기에서 실을 뽑아 그물을 친다) 2. 버스 3. 장승 4. 경마 기수 5. 오줌싸개 6. 그림자

# more 모아 수수께끼

## 동화 시리즈

1. 새 발의 피로 팔자 고친 사람은?

2. 팥쥐의 깨진 독을 수리해 준 사람은?

3. 장화의 남동생 이름은 장군. 여동생 이름은?

4. 심청이의 생일은?

5. 오랫동안 봉사 활동을 하다가 마침내 빛을 본 사람은?

6. '잘 키운 딸 하나 열 아들 안 부럽다' 라고 말한 사람은?

7. 동화 〈신데렐라〉에는 난쟁이가 몇 명이나 나올까?

8. 백설 공주는 무엇을 먹고 죽었을까?

**정답** *1.* 흥부 *2.* 독수리 오 형제 *3.* 홍련 *4.* 9월 4일(구사일생) *5.* 심청 아버지 *6.* 심청 아버지 *7.* 안 나온다 *8.* 나이

# 만화 영화 시리즈

1. 가제트 형사의 성은?

2. 슈렉의 어머니는?

3. 은하철도는 왜 999일까?

4. 둘리는 어떤 공룡일까?

5. 둘리가 다니는 고등학교는?

6. 둘리가 전학한 고등학교는?

7. 둘리가 좋아하는 부침개는?

8. 짱구와 오징어의 차이점은?

정답 1. 마징 2. 녹색 어머니 3. 비둘기호라서 4. 아기 공룡 5. 요리 보고 6. 빙하 타고 7. 일억 년 전 8. 오징어는 말릴 수 있지만 짱구는 못 말린다

# 수수께끼 뱅크

1 해골이 자는 방은?

2 해만 보면 우는 것은?

3 해의 오빠는?

4 허수아비의 아들 이름은?

5 헌병을 잡아가는 사람은?

6 현역 군인이 가장 좋아하는 대학은?

정답 1. 골방 2. 얼음 3. 해오라비 4. 허수
5. 엿장수, 고물상 6. 제대(제주 대학교)

# 수수께끼 뱅크

1 형과 동생이 운동장을 빙빙 돌면서 경주하는 것은?

2 형 중에서도 가장 무서운 형은?

3 호랑이는 왜 생고기를 먹을까?

4 호랑이는 죽어서 가죽을 남긴다. 그럼 사람은 무엇을 남길까?

5 호랑이에게 덤빈 용감한 개의 이름은?

6 호박꽃도 좋고 할미꽃도 좋고 꽃이라면 다 좋다는 녀석은?

**정답** 1. 시계 2. 사형 3. 요리를 못해서 4. 가족 5. 하룻강아지 6. 꿀벌

# 수수께끼 뱅크

1 호주의 술 이름은?

2 호주의 쌀은?

3 호주의 돈은?

4 호주의 떡은?

5 홉(hop)으로는 맥주를 만들고, 엿기름으로는 감주를 만든다. 그럼 돈으로는 무엇을 만들까?

6 홍당무가 버스에서 내렸더니 무가 되었다. 그 버스는 무슨 버스인가?

정답 1. 호주 2. 호미(米) 3. 호주머니(money) 4. 호떡 5. 물주 6. 환승 버스

# 수수께끼 뱅크

1 화분의 식물들이 제일 좋아하는 개는?

2 화장실과 목욕탕의 공통점은?

3 화장실에 가면 소변과 대변 중 어느 것이 먼저 나올까?

4 화장실에 사는 용 두 마리의 이름은?

5 화장실에서 돈 세는 사람을 뭐라고 할까?

6 '화장실이 어디예요?'를 중국어로 하면?

**정답** 1. 물뿌리개 2. 체중이 준다 3. 급한 것
4. 신사용, 숙녀용 5. 뒤가 구린 사람 6. 워따똥싸

# 수수께끼 뱅크

1 활을 잘 쏘는 사람이 즐겨 찾는 약은?

2 회사에서 가장 무서운 상사는?

3 훌륭한 부모에게 꼭 있어야 하는 것은?

4 훔치는 일이라면 따라올 자가 없는 것은?

5 '훔치다'의 과거형은 '훔쳤다'. 그럼 미래형은?

6 흑인과 백인이 결혼해서 낳은 아기의 치아 색은?

정답 1. 활명수 2. 불상사 3. 자식 4. 걸레 5. 교도소 6. 이가 없다(갓난아기라서)

# 수수께끼 뱅크

1 흑인은 검은색을 보고 무슨 색이라고 할까?

2 흡혈귀가 가장 싫어하는 사람은?

3 흰 구름이 나뭇가지에 살짝 걸려 있는 것은?

4 흰 얼굴에 땀을 뻘뻘 흘리는 것은?

5 흰 옷을 입고 끓는 기름 속으로 뛰어드는 것은?

6 힘들여 겨우 지은 절은?

**정답** *1.* 살색 *2.* 바늘로 찔러도 피 한 방울 안 나오는 사람 *3.* 솜사탕 *4.* 양초 *5.* 튀김 *6.* 우여곡절

## more 모아 수수께끼

### 냠냠쩝쩝 시리즈

1. 고추장, 된장, 간장을 담갔는데
맛이 변해 버렸다. 무슨 장일까?

2. 김과 김밥이 길을 가는데 소나기가 내렸다.
김밥은 비에 풀어질까 봐 열심히 뛰는데
김은 천천히 걸어오는 것이었다. 왜?

3. 김치 만두가 김치를 만나서 한 말은?

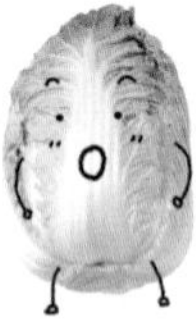

4. 바나나가 웃으면?

5. 바나나 우유는 어떻게 웃을까?

6. 사과가 웃으면?

7. 오이가 무를 때려서 다음 날 신문
사회면에 나왔다. 헤드라인은?

8. 참기름 장수가 경찰서에 잡혀갔다. 왜?

**정답** 1. 젠장 2. 양반김이라서 3. 이 안에 너 있다 4. 바나나킥 5. 빙그레 6. 풋사과 7. 오이무침 8. 참기름이 고소해서

# 아이큐 팡팡 퀴즈

## 아리송송 수수께끼 퍼즐

| | | | | |
|---|---|---|---|---|
| ■ | ■ | ① | | |
| ■ | ■ | | ■ | ■ |
| ② | ③ | | ④ | ■ |
| ■ | | ■ | ⑤ | |
| ■ | ■ | ⑥ | | |

### [가로열쇠]

① 거꾸로 자라는 것은
② 과거가 있어서 성공한 사람은
⑤ 지팡이에 삿갓 하나 씌운 것은

### [세로열쇠]

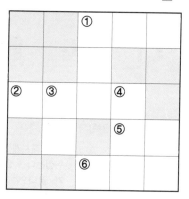

① 가장 교육을 많이 받은 물고기는
③ 밥 먹을 때마다 몸을 비틀리는 것은
④ 김이 가장 많이 나오는 곳은
⑥ 몸 하나에 머리가 둘 달린 것은

# 아이큐 팡팡 퀴즈 정답

★ 멧돼지 사냥 (62쪽)

뒤돌아보는 멧돼지　　죽은 멧돼지

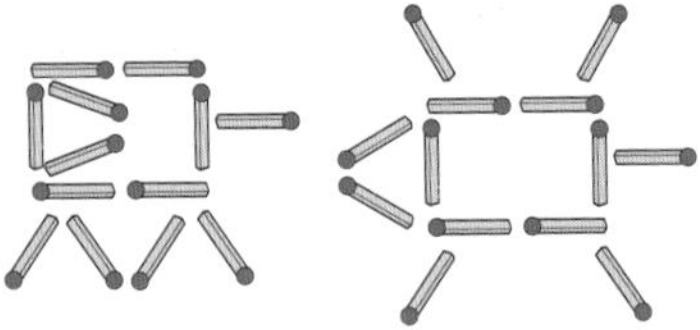

★ 똑같이 나누기 (114쪽)

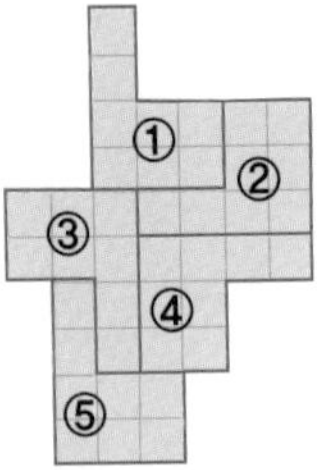


★ 알쏭달쏭 수수께끼 퍼즐 (168쪽)

| | | | | |
|---|---|---|---|---|
| | | ①칫 | | |
| | | ②솔 | ③개 | |
| | | | ④나 | 비 |
| ⑤안 | 경 | ⑥다 | 리 | |
| 개 | | 리 | | |

★ 도깨비와 혹부리 영감 (244쪽)

두 모래시계(5분, 9분)를 동시에 뒤집는다→ 5분이 지나 5분짜리가 끝나면 재빨리 뒤집는다→ 다시 4분이 지나 9분짜리가 끝나면 또 4분만큼 경과된 5분짜리를 뒤집는다(즉, 5분+4분+4분=13분)

★ 아리송송 수수께끼 퍼즐 (269쪽)

| | | | | |
|---|---|---|---|---|
| | | ①고 | 드 | 름 |
| | | 등 | | |
| ②암 | ③행 | 어 | ④사 | |
| | 주 | | ⑤우 | 산 |
| | | ⑥콩 | 나 | 물 |

★ 올바른 수식 만들기 (222쪽)

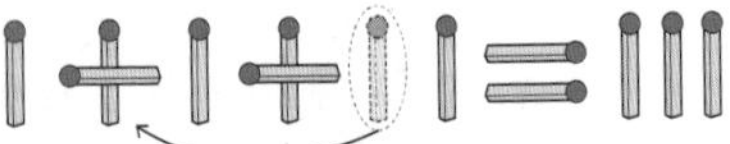